PROFIL Collection dirigée
par Georges Décote
D'UNE ŒUVRE

LA PESTE

CAMUS

Analyse critique

par Pol GAILLARD
agrégé de l'Université
maître-assistant à l'Université de Paris X - Nanterre

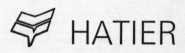 HATIER

Sommaire

© Hatier, Paris 1972

ISSN 0750-2516   ISBN 2-218-**01820**-9

Nota : Toutes les références à *La peste* renvoient
à la collection Folio (Gallimard, éditeur).

Introduction

La peste est l'œuvre centrale de Camus, celle qui lui a valu, pendant longtemps, les plus forts tirages de l'édition mondiale, celle qui a le plus compté, sans doute, pour que lui soit attribué en 1957, alors qu'il avait à peine 44 ans, le prix Nobel.

A-t-elle vieilli?... Écrite au milieu des guerres, méditée, rédigée et sans cesse reprise dans le silence monotone de l'oppression, les combats de la Résistance, l'exaltation et les amertumes de la victoire, un assez grand nombre de critiques pensent qu'aujourd'hui elle s'éloigne de nous et que d'autres problèmes nous pressent, moins meurtriers sans doute mais incomparablement plus difficiles et plus mornes que ceux de la lutte contre une épidémie, plus désespérants même, pour certains, que la présence d'un ennemi extérieur. L'ennemi, disent-ils, est chez nous et en nous.

Ces affirmations sont peu convaincantes. On peut certes préférer légitimement, dans l'œuvre de Camus, la nudité sèche de *L'étranger*, la complexité de *La chute*, les mises en garde de *L'homme révolté*, les pages lyriques surtout, où l'émotion accompagne toujours l'intelligence, où la splendeur de notre terre de tragédie est toujours présente.

Mais *La peste* demeure bien, je crois, l'œuvre maîtresse. Malgré les apparences ce n'est pas une évocation didactique, et elle transcende les circonstances particulières de sa création. Bien loin de proposer une morale toute faite, elle révèle, pour quiconque l'étudie attentivement, des profondeurs étranges, elle les expose avec précaution à la lumière, lentement, avec probité, avec crainte, nous demandant seulement de ne fermer les yeux sur rien, ni sur le mal, ni sur le bonheur, - ni sur nous-mêmes. Elle aborde avec une franchise totale le plus important des problèmes humains; puisque de toute façon il nous faut vivre - et mourir -, il nous faut de toute nécessité chercher comment conduire notre vie, lutter contre la mort, l'assumer quand le moment sera venu; il nous faut chercher et conquérir *tous nos pouvoirs*, nous défier de *tous les fléaux*... Ce n'est pas facile, mais Camus n'a jamais détourné son regard de l'essentiel, quels que soient la mode et les snobismes. Il vaut la peine d'étudier *La peste*.

« La peste », une œuvre écrite au milieu des guerres [1] | 1 |

1913 : Naissance de Camus à Mondovi (Algérie).	**1914-1918** : *Première Guerre mondiale.* Le père de Camus est blessé mortellement à la bataille de la Marne.
	1933 : Hitler maître de l'Allemagne.
1935-1936 : Camus rédige avec trois camarades *Révolte dans les Asturies.*	**1934** : Insurrection dans les Asturies.
1936 : *L'envers et l'endroit.*	
1936-1937 : *Noces - La mort heureuse.*	**1936-1949** : *Guerre civile en Espagne,* « grandes manœuvres de la deuxième guerre mondiale ».
1937-38-39 : *Caligula* - Première idée de *La peste*, première apparition du personnage de Jeanne.	
1939 : *Misère en Kabylie.*	**1938** : Munich.
1938-1940 : *L'étranger.*	**1939-1945** : *Deuxième Guerre mondiale.*
1940-1941 : *Le mythe de Sisyphe - La peste.*	**1940** : Hitler envahit l'Europe de l'Ouest.
1941-1942 : *Le malentendu - La peste.*	**1941** : Hitler envahit la Yougoslavie, la Grèce, l'URSS.
1942 : Camus part se soigner au Chambon-sur-Lignon. *La peste.*	
Novembre 1942 : Il est coupé de tous les siens.	**Novembre 1942** : Débarquement allié en Afrique du Nord. Hitler envahit la zone française libre. L'oppression et la Résistance partout.
1943 : La première version de *La peste* est achevée. La Résistance	
1942-1944 : *Lettres à un ami allemand*- Articles de *Combat* - *La peste.*	**1944** : Débarquement allié en Normandie. Paris libéré.
1945-1946 : *Remarques sur la révolte.* Articles de *Combat* - *La peste.*	**1945** : Mai : Paix en Europe. Insurrection et répression en Algérie. Août : Hiroshima.
	1946-1954 : *Guerre d'Indochine.*
1947 : *La peste* est achevée et publiée.	**1947** : Guerre en Chine, en Indonésie, en Palestine, en Grèce.
1948 : *L'état de siège.*	**1947-1953** : Procès en Hongrie, Bulgarie, Roumanie, Tchécoslovaquie.
1948-1949 : *Les justes.*	
	1950-1953 : *Guerre de Corée.*
1941-1951 : *L'homme révolté.*	**1954-1962** : *Guerre d'Algérie.*
1939-1954 : *L'été.*	
1951-1956 : *La chute.*	**1956** : Camus lance un appel à la trêve en Algérie. Intervention armée de l'URSS en Hongrie ; de l'Angleterre, de la France, et d'Israël en Égypte.
1952-1957 : *L'exil et le royaume.*	
1957 : *Réflexions sur la guillotine.*	
1939-1958 : *Actuelles* I, II, III.	
1957 : *Discours de Suède.*	
1960 : Mort de Camus.	**1960** : Semaine des barricades à Alger.

---

1. Les dates indiquées pour les œuvres sont celles de la rédaction, non de la publication.

2 Analyse de « La peste »

I. Pages 9 à 13 [1]

Le narrateur se propose de relater le plus simplement possible - en chroniqueur, en témoin, mais également s'il le peut en historien - les curieux et graves événements que viennent de vivre avec lui tous ses concitoyens. Le rôle qu'il se trouve y avoir tenu lui permettra de dire avec exactitude : *Voilà, ceci est arrivé;* mais lui-même entend pour le moment rester anonyme, ne pas révéler ce que, personnellement, il pourrait avoir à dire.

Ces événements se sont produits en 194., à Oran, ville très ordinaire, tranquille, sans passé comme sans désordre, sans pittoresque, sans végétation, sans âme, un lieu neutre en somme, bien que tout proche de la mer, où les hommes se satisfont de travail, d'habitudes et de joies simples, - la cité où l'on pouvait le moins s'attendre à ce qui, pourtant, lui arriva.

Pages 14 à 28   (avril)

Des rats, de plus en plus nombreux, sortent de leurs cachettes souterraines et viennent mourir dans les rues, les maisons, les lieux publics. Les habitants, surpris et choqués, inclinent à accuser leur municipalité d'incurie. La vie ordinaire continue.

Le docteur Bernard Rieux accompagne à la gare sa femme, malade depuis un an, qui part pour une station de montagne. La séparation les déchire tous deux profondément. « Nous recommencerons », se promettent-ils...

1. Le récit est précédé de la phrase de Daniel Defoe citée plus loin p. 16.

Le journaliste parisien Rambert vient enquêter à Oran sur la misère des Arabes.

Premières apparitions des autres personnages : Tarrou, Othon, Grand, Cottard (qui vient, pour des raisons inconnues, de tenter de se suicider), le Père Paneloux, jésuite réputé (qui envisage en souriant[1] la possibilité d'une épidémie), un vieil Espagnol asthmatique.

Mort du concierge de Rieux, « écartelé par les ganglions », étouffé comme « sous une pesée invisible ».

Pages 29 à 35

L'annonce de cette mort est suivie de beaucoup d'autres ; toutes les classes sociales sont frappées. Dans la ville la surprise déconcertée devient angoisse.

Le narrateur tient à citer aussi, pour cette période, les carnets d'un autre témoin, Tarrou ; au milieu de notations assez étranges, on y trouve pourtant une volonté ferme, sûre d'elle-même. « La seule chose qui m'intéresse, dit Tarrou, c'est de trouver la paix intérieure... »

Portrait physique du docteur Rieux par Tarrou.

Pages 36 à 41

Les rats ont disparu, la presse ne parle plus de rien puisqu'il n'y a plus rien de spectaculaire, mais le nombre des décès par fièvre inguinale augmente. Le vieux docteur Castel, qui a exercé quelque temps en Chine, affirme nettement à Rieux : « C'est la peste. »

Pages 42 à 46

Méditation de Rieux, seul derrière sa fenêtre. Plus averti, plus inquiet que les autres, il avait été comme les autres pourtant : il n'avait pas voulu croire au fléau. Il ne veut pas encore vraiment y croire. La ville dans le soir qui tombe n'est-elle pas devant lui encore la même, presque exactement la même, heureuse en somme ?

Rieux essaie de se rappeler tout ce qu'il sait avec exactitude de la maladie, mais malgré lui c'est dans une sorte de vertige que reviennent à sa mémoire les précisions ou les images les plus terribles rapportées par les médecins et les

---

1. Le narrateur ne commente pas ce sourire, qui peut être interprété de bien des façons.

historiens du passé : tout d'abord, des chiffres énormes, difficiles à se représenter concrètement : cent millions de morts, dix mille en un seul jour à Constantinople, par exemple !... Puis des tableaux extraordinaires au sens exact du terme, monstrueux, presque impossibles à admettre, et qui furent pourtant la vie quotidienne de populations entières pendant des mois et des mois, continus, écœurants. (Voir, sur cette évocation, les renseignements que nous donnons plus loin, p. 79-80.)

Rieux s'arrache à son vertige : celui-ci ne doit pas tenir devant la raison. Il faut agir, prendre les mesures qui conviennent, faire son métier.

Pages 47 à 68

Rieux recommande de très sérieuses mesures d'isolement et il obtient la convocation d'une commission sanitaire. Malgré ses efforts et ceux de Castel, celle-ci refuse d'effrayer la population et ne prend que des demi-mesures. La ville connaît encore, tous les soirs, le bourdonnement joyeux et odorant de la liberté.

Grand, l'employé de mairie, est amené peu à peu à révéler à Rieux le problème qui le torture : trouver ses mots, les mots justes ! Il est d'une telle exigence qu'il a renoncé à écrire, faute de trouver les termes parfaitement adéquats, la demande qui lui aurait permis d'obtenir un avancement promis et mérité. Il végète dans un emploi subalterne, mais il consacre tous ses loisirs à écrire un livre.

L'épidémie, qui a paru reculer un moment, reprend de plus belle : 22 morts en un seul jour. Le préfet demande des ordres à la capitale de la colonie. Il reçoit une dépêche officielle : « Déclarez l'état de peste. Fermez la ville. »

II. Pages 71 à 80

A partir du moment où la ville est fermée sur elle-même et sur le fléau, le narrateur, spontanément et volontairement à la fois, emploie de plus en plus le pronom *nous*. Il estime pouvoir témoigner pour tous, car, malgré la diversité des réactions de chacun, la peste a jeté tous ses concitoyens dans le même « exil ». Un sentiment aussi individuel que celui de la séparation d'avec un être aimé est devenu brusquement, avec la peur, celui de tout un peuple.

Chaque jour, le docteur Rieux doit ordonner, et souvent imposer (en faisant appel à la police puis à l'armée), l'hospitalisation de nouveaux malades, malgré les protestations et les cris de ceux qui les aiment. Il a pitié, bien entendu, mais à quoi sert la pitié ? Il doit faire *ce qu'il faut*.

Il comprend Rambert qui veut quitter la ville et rejoindre celle qu'il aime - le bonheur n'attend pas !... Il lui souhaite même de réussir, mais il ne peut pas, lui médecin, favoriser sa fuite. Rambert l'accuse de moralisme, d'*abstraction*. Rieux ne lui révèle pas qu'il a préconisé les mesures d'isolement en sachant fort bien qu'elles allaient le séparer, peut-être pour toujours, de sa femme malade et soignée au loin, à laquelle sa présence serait utile pour guérir.

Grand explique à Rieux pourquoi sa compagne Jeanne l'a quitté, voici déjà longtemps : il ne lui avait pas manifesté suffisamment son attention, « il ne l'avait pas soutenue dans l'idée qu'elle était aimée... ».

Cottard, étrangement, paraît se réjouir de la peste.

Les autorités ecclésiastiques décident de lutter contre la peste par leurs propres moyens, en organisant une semaine de prières collectives. De toute façon, pensent beaucoup d'Oranais, ça ne peut pas faire de mal. Le Père Paneloux prononce le sermon de clôture. S'appuyant sur de nombreux passages de l'Ancien et du Nouveau Testament, multipliant les images et les grands exemples historiques, Paneloux fait un tableau saisissant de la peste, châtiment de Dieu et instrument de notre salut : « Vous savez maintenant, et enfin, mes frères, qu'il faut venir à l'essentiel. »

L'été s'installe sur la ville, les grandes chaleurs écrasantes, et le plus souvent un morne silence. Le nombre de morts augmente chaque jour, et le soir maintenant, malgré le prêche de Paneloux, la plupart des habitants se précipitent vers la jouissance. Rambert multiplie d'interminables démarches pour avoir l'autorisation de partir. Des bagarres sanglantes éclatent aux portes, les gendarmes doivent tirer.

Grand révèle à Rieux son ambition d'arriver à écrire

une œuvre vraiment parfaite où les mots exprimeraient totalement ce qu'il a dans l'imagination. Hélas, il doute d'y parvenir jamais.

Tarrou qui se complaît toujours, dans ses Carnets, à des notations étranges, vient proposer au docteur d'organiser contre la peste des équipes sanitaires formées uniquement de volontaires. Rieux accepte avec joie. Il est amené peu à peu à confier à Tarrou comment il est devenu médecin, lui fils d'ouvrier, et qu'il ne s'est jamais habitué à voir mourir. La peste, à ses yeux, est une interminable défaite ; mais il faudrait être fou, aveugle ou lâche pour se résigner à la misère qu'elle apporte. Il ne croit pas en Dieu et, sans vouloir s'occuper de métaphysique, il pense être dans la vérité en luttant contre la création telle qu'elle est. Il défend les gens de tout son pouvoir, c'est tout... Tarrou qui affirme, avec tranquillité, tout connaître de la vie, lui donne raison. Lui-même, interrogé sur ce qui le pousse à risquer ainsi la mort, répond : « *Je ne sais pas. Ma morale peut-être. - Et laquelle ? - La compréhension.* »

Pages 134 à 141

Les équipes sanitaires se forment peu à peu. Une première équipe est réunie et le nombre des volontaires permettra d'en former beaucoup d'autres. C'est l'occasion pour le narrateur de méditer sur ce qui peut à son avis être appelé véritablement héroïsme, sur le bien, le mal, la lucidité. S'il lui fallait désigner un modèle, il désignerait Grand, ce héros insignifiant et effacé, qui n'avait pour lui qu'un peu de bonté au cœur et un idéal apparemment ridicule.

Pages 142 à 165

Les moyens administratifs n'ayant rien donné, Rambert cherche maintenant un moyen de quitter la ville en fraude. Il s'abouche avec Cottard, qui vit dans la peste comme un poisson dans l'eau, s'enrichissant par le marché noir et les trafics de toutes sortes... Mais les démarches de l'illégalité sont aussi longues que les autres, ce n'est pas peu dire.

Tarrou a obtenu le concours du Père Paneloux pour les équipes sanitaires ; il sollicite même celui de Rambert et de Cottard. Rambert accepte, sans renoncer à son projet de fuite que Rieux continue d'ailleurs à approuver.

III. Pages 169 à 180

Sous le ciel implacable et lourd du plein été, le fléau redouble de violence. La ville entière et la vie entière sont bouleversées. On doit organiser des camps d'isolement à l'intérieur même de la cité isolée, prendre des mesures qu'on n'aurait jamais osé imaginer, pour les enterrements par exemple, puis pour les incinérations. Des convois de tramways, chaque nuit, emportent les cadavres vers les fours crématoires. Le ravitaillement est de plus en plus difficile ; des révoltes inattendues éclatent, très violentes ; l'état de siège est mis en vigueur, puis le couvre-feu... Et ce qui domine partout, c'est une sorte d'adaptation monotone à ce qu'impose la fatalité.

IV. Pages 189 à 200

Tous les membres des équipes continuent comme ils peuvent leur travail qui n'est pas de guérir, mais uniquement de diagnostiquer, d'isoler, d'organiser. Ils sont épuisés, et comme indifférents. Rieux, qui a reçu de mauvaises nouvelles de la santé de sa femme, se surprend même à parler d'elle sur un ton banal.

Pages 201 à 209

Une chance d'évasion, enfin, s'offre à Rambert. Jusqu'au dernier jour, tout en travaillant avec les équipes, il fait ce qu'il faut pour la saisir... Cependant, au dernier moment et bien que Rieux et Tarrou, loin de vouloir le dénoncer ou de le blâmer en quoi que ce soit, lui aient toujours dit qu'ils le comprenaient, Rambert décide de rester et, comme Rieux, comme Tarrou, de faire en somme comme s'il renonçait au bonheur, sans bien savoir pourquoi. La peste nous concerne tous.

Pages 210 à 218

Un nouveau sérum est prêt, que Castel a essayé de mettre au point ; Rieux et lui décident de l'essayer sur le petit garçon du juge Othon, dont le cas est désespéré. Tarrou, Grand, Rambert, Paneloux, Rieux sont réunis au chevet de l'enfant - qui meurt quand même après une résistance et des souffrances seulement un peu plus longues, atroces. Dans son bouleversement, dans sa fatigue, Rieux, malgré lui, crie à Paneloux sa révolte contre cette création de Dieu, où des enfants sont torturés. Il ne l'acceptera jamais... Sans pouvoir se convaincre, les deux hommes sont obligés d'admettre pourtant, avec difficulté, qu'il leur faut agir ensemble, au-delà de tout ce qui les sépare. Cela seul est important, dit Rieux.

Pages 219 à 232

L'agonie du petit a troublé profondément Paneloux. Il ne parvient plus à penser que la peste soit un avertissement de Dieu pour ramener les hommes à l'essentiel. Il prononce à la cathédrale devant un auditoire clairsemé (les superstitions les plus bizarres ont remplacé maintenant chez beaucoup le recours à la religion) un nouveau prêche long et confus d'où ne ressortent avec force que deux formules répétées, significatives : « *Mes frères, il faut tout croire ou tout nier. Et qui donc, parmi vous, oserait tout nier?... Il faut admettre le scandale, il faut choisir de haïr Dieu ou de l'aimer. Et qui oserait choisir la haine de Dieu?* » Rejoignant sans le savoir une opinion de Rieux (p. 129) : « Si le Tout-Puissant existe il faut s'en remettre totalement à lui, l'acte humain n'a pas d'intérêt », Paneloux, atteint soudain d'une fièvre extrêmement violente (qui ne lui paraît pas être l'effet de la peste), refuse de se laisser soigner. Il meurt en serrant contre lui le crucifix.

Pages 233 à 241   (novembre)

La Toussaint passe pratiquement inaperçue. Comme le dit Cottard, maintenant, c'est tous les jours la Fête des Morts... Le nombre des décès, pourtant, n'augmente plus et un nouveau sérum spécifique, préparé par Castel, paraît donner quelques résultats. Mais c'est la vie elle-même qui devient, pour ceux qui restent, encore plus lourde, plus sinistre, plus injuste malgré la grande égalité irréprochable de la mort; le marché noir augmente les différences sociales et la misère. Derrière les hauts murs de l'ancien stade devenu un camp d'isolement, les parents des pestiférés, suspects, retranchés de la vie de tous mais aussi comme séparés d'eux-mêmes par l'inaction forcée, connaissent le vide de l'impuissance totale.

Sur la terrasse d'une maison de la ville, si calme, si ouverte sur le ciel qu'il semble que le mal n'y soit jamais monté, Tarrou, longuement, sûr de l'amitié de Rieux, se confie à lui. Tarrou connaissait déjà la peste. La peste, à ses yeux, c'est tout ce qui, pour de bonnes ou de mauvaises raisons, fait mourir ou justifie qu'on fasse mourir. Il a décidé, lui fils d'avocat général, de n'être jamais du côté des meurtriers, - autant du moins que cela est possible. Le seul problème concret pour lui, désormais, c'est de savoir comment, sans Dieu, on peut devenir un saint. Pour Rieux c'est d'être un homme.

Les deux amis décident de faire quelque chose, ce soir, pour leur amitié et pour le bonheur. Ils vont nager ensemble dans la tiédeur de la mer d'automne. Ils sont certains d'avoir le même cœur, - mais certains aussi qu'il faudra, demain, recommencer à lutter contre le mal.

Morne, gelée, la ville, sous le froid, semble se replier encore. Noël est célébré tristement, par une sorte d'obstination à vivre... Grand, atteint à son tour par la fièvre, voudrait avoir le temps, au moins, d'écrire à sa femme avant de mourir ce qu'il a toujours voulu lui écrire sans parvenir à trouver le mot juste. Au plus fort de ce que tout le monde croit être son agonie, il ordonne à Rieux de brûler le manuscrit de son roman, - qui ne comprend toujours qu'une seule phrase, inlassablement travaillée, imparfaite... Cependant, de façon inattendue, le nouveau sérum agit sur Grand, il guérit. Une jeune fille guérit. Les statistiques de la semaine indiquent un léger recul de la peste. Des rats, vivants, apparaissent de nouveau dans la ville.

De fait, inégalement, l'épidémie régresse. Le sérum de Castel connaît maintenant des séries de réussites qui lui avaient été refusées jusque-là. Le 25 janvier, la préfecture annonce que les portes de la ville pourront sans doute être rouvertes dans quinze jours. Mais la peste frappe encore. Le juge Othon, en service volontaire au camp d'isolement, meurt; et Tarrou tombe malade à son tour. Rieux et sa mère décident de le garder chez eux. Ils essaient de tout leur pouvoir de lui faire gagner la partie, et Tarrou les aide de son courage sans faille; jusqu'à la fin, il tendra ses forces pour les remercier encore, par un sourire, de leur présence auprès de lui, dans laquelle il sent toute l'affection de la communion humaine. Mais la peste est la plus forte. Ni Rieux ni sa mère ne peuvent plus rien. Tombe encore une fois sur eux le silence de la défaite.

Rieux, le lendemain, apprend par un télégramme que sa femme est morte. Ils ne pourront pas, après la peste, « recommencer ». Rieux, en quelques heures, a perdu son ami et son amour.

Pages 293 à 309

Les portes de la ville s'ouvrent enfin. Pour la plupart, l'exil, la terreur, la séparation sont finis. Rambert attend, dans un tremblement, de confronter son amour avec l'être de chair qui en a été le support... Injuste lui aussi, le bonheur triomphe dans la ville délivrée; ceux qui ont perdu les êtres qu'ils aimaient sont plus seuls encore aujourd'hui. Rieux est seul. C'est alors, nous dit-il, qu'il a décidé d'écrire lui-même cette chronique, pour rejoindre les hommes et pour parler en leur nom. La victoire sur la peste ne peut jamais être une victoire définitive, mais Rieux, précisément à cause de cela, entend témoigner de ce qu'elle a été, de ce qu'il a fallu accomplir contre elle et de ce que, sans doute, il faudra accomplir encore contre la terreur et son arme inlassable, pour l'humanité toujours menacée.

Le sens de « La peste » $\boxed{3}$

L'analyse d'un grand livre est nécessairement infidèle, incomplète, subjective; elle rend plus sensibles encore tous les problèmes psychologiques, nettement reconnus aujourd'hui, de la « lecture », c'est-à-dire de l'interaction sans cesse renaissante entre l'auteur, ses personnages, son style, sa présence tenace, et la réceptivité plus ou moins lucide, plus ou moins troublée de celui qui lit, - qui pense, qui imagine, qui voit et qui vit par les mots d'un autre, l'existence d'un autre, l'imagination d'un autre, tout en continuant d'être ce qu'il est !...

Mais précisément à cause de cela, l'analyse demeure indispensable. Elle est féconde si tout en cherchant modestement, honnêtement, à saisir l'essentiel, à ordonner, à élucider pour l'élève novice tout ce qui doit l'être, elle ne cesse pas de l'inviter en même temps à découvrir par lui-même, à relire, à réfléchir, à essayer de sentir encore une fois avec l'auteur, comme lui, à partir de lui.

La peste, tout particulièrement, est un livre qu'il faut reprendre. Sous sa simplicité apparente, voulue, presque monotone, l'on sent bien que ce récit tragique couvre des profondeurs plus tragiques encore, comme la surface limpide mais toujours inquiète de la mer les conflits sans pitié d'une jungle inconnue. Le romancier d'ailleurs nous a avertis. La modeste chronique du docteur Rieux est précédée d'une phrase, tout simple elle aussi, logique, irréfutable, mais que Rieux lui-même n'aurait certainement jamais écrite, et dont l'évidence trouble *curieusement* [1] le lecteur. Pourquoi ce surprenant prélude ?

> « Il est aussi raisonnable de représenter une espèce d'emprisonnement par une autre que de représenter n'importe quelle chose qui existe réellement par quelque chose qui n'existe pas [2]. »

La peste doit se lire « sur plusieurs portées », - comme quelques-unes des plus grandes œuvres de notre littérature. La *Phèdre* de Racine, par exemple, demeure bien d'abord *la tragédie antique* d'une victime pitoyable de la vengeance d'une déesse, proie de Vénus brûlée de tous ses feux; mais elle sait être pour nous, en même temps, sans qu'aucun mot anachronique soit prononcé, *la tragédie janséniste* d'une chrétienne sans la grâce, déchirée entre sa hantise du bien et la corruption originelle, *la tragédie moderne* d'une femme lucide irrésistiblement conduite au malheur par une hérédité trop lourde, l'abandon d'un mari, le besoin éperdu de tendresse. Elle nous touche dans notre condition même d'être humain... De même, le livre de Camus. Chronique réaliste d'une épidémie imaginaire, il nous atteint en même temps, par la seule puissance d'une peinture vraie, comme un témoignage vécu sur les pires oppressions de notre temps, une évocation symbolique du mal et de la lutte contre le mal, un nouveau roman sur la dépendance et les frêles pouvoirs des hommes.

CHRONIQUE D'UNE ÉPIDÉMIE

• *Le refus du romanesque*

Ce terme que nous venons d'employer, *roman*, est d'ailleurs impropre. Camus avait d'abord laissé paraître *La peste* sous cette appellation mais dès 1948 il a supprimé le mot en tête de l'ouvrage, logiquement, comme il en avait chassé volontairement, pendant qu'il l'écrivait, tout élément proprement romanesque. *La peste* à ses yeux est un *récit*, une *chronique*... Pourquoi ? - Personne n'ignore qu'il n'y a pas eu d'épidémie de peste, à Oran, pendant les années 1940-1950 !

---

1. Le second mot du récit (p. 9) est d'ailleurs ce terme de *curieux* qui apparemment convient mal. En fait il est nécessaire pour orienter notre inconscient, tout de suite, vers « autre chose ».
2. Cette phrase est empruntée à Daniel De Foe (ou Defoe), l'auteur de *Robinson Crusoé* et du *Journal de l'année de la peste* (la peste de Londres de 1665, voir plus loin p. 80).

Par goût d'homme de théâtre, je crois. Camus se défie des pouvoirs trop faciles du romancier [1]. Celui-ci nous donne toujours un peu l'impression de diriger comme il le veut les personnages et les événements; il les commente en les racontant, il peut broder sur eux, il juge, il plaisante, il ironise; il revient en arrière, il saute des jours, des mois ou des années, il est libre !... L'homme de théâtre, lui, d'ordinaire ne peut que *montrer*, sans artifice, et il n'est jamais si fort que lorsque la durée du conflit qu'il présente est également celle du spectacle. C'est par la vérité seule qu'il peut imposer la fiction !... Un roman sans justesse psychologique ou sans respect des causalités profondes peut tromper et trompe souvent, écrit par un créateur habile, et l'on est tout surpris parfois lorsque l'œuvre révèle ses manques, une fois adaptée à la scène. Une pièce ne peut guère faire illusion, quel que soit le talent des comédiens. Elle doit nous faire vivre, directement, le réel.

Une *chronique* de même. Le chroniqueur est là certes, mais uniquement parce qu'il a fallu quelqu'un pour voir. On ne lui demande pas autre chose que d'avoir été bien placé pour cela et de raconter ce qu'il a vu comme il l'a vu, pas à pas, en se répétant s'il le faut, - mais sans effet surtout ! sans aucune recherche spéciale ! On ne lui demande même pas d'être très intelligent. Les philosophes et les poètes, les historiens surtout peut-être, sont de très mauvais témoins... Non, la seule qualité que l'on exige d'un chroniqueur, c'est la probité, ou plus profondément encore la modestie, garante psychologique de la probité. A cette condition seule nous le croirons, si extraordinaire que soit son récit, et même - o paradoxe - s'il est comme ici complètement inventé. *La peste* ne pouvait, sous peine d'échec total, se présenter à nous que comme une *chronique* vécue.

• L'effacement volontaire du narrateur

Certain de cette nécessité première, Camus en a respecté les exigences avec une logique véritablement héroïque. Non seulement il s'est effacé lui-même le plus possible, il a éteint son style, imposé silence à ses hantises (le mot

1. « *L'activité romanesque suppose une sorte de refus du réel* » (*L'homme révolté*, p. 321) - « *Le théâtre est un lieu de vérité. On dit généralement que c'est le lieu de l'illusion. N'en croyez rien* » (*Ce que j'aime au théâtre*, « Gros Plan », émission télévisée du 2 novembre 1959).

« absurde » ne figure même pas dans les 300 pages du texte, je crois bien !),... non seulement il a choisi comme chroniqueur la personne tout à la fois la mieux informée d'Oran et la plus scrupuleuse, la plus soucieuse du vrai, la moins capable de dire qu'elle sait lorsqu'elle ne sait pas; mais il a voulu encore que ce docteur Rieux, médecin du quotidien, décide de nous cacher son identité pendant tout le temps qu'il nous raconte la peste. - Volonté étrange, semble-t-il. Un certain nombre de critiques l'ont reprochée à Camus. Mais c'est précisément en raison de sa probité extrême, poussée ici presque jusqu'à la contradiction, que le docteur Rieux a pris cette décision. Il entend se forcer lui-même, ayant entrepris ce récit pour *témoigner*, à n'être, autant qu'il dépend de lui, qu'un *témoin*. Il sait bien qu'il ne pourra pas y parvenir totalement, et Camus a laissé de son plein gré, ici et là, des traits par lesquels Rieux se révèle malgré lui au lecteur perspicace [1]. Mais il sait aussi que choisir le ton de l'objectivité incline fortement, et même oblige, en quelque sorte, à l'objectivité; il devait donc, pour le but qu'il se proposait, s'astreindre à cette discipline, - et nous la révéler à la fin du livre.

Il avait d'ailleurs pour agir ainsi une seconde raison également puissante : sa solidarité profonde et quasi anonyme avec les pestiférés. Le moment venu il s'en expliquera avec sa franchise habituelle, longuement, sinueusement pourrait-on dire, car il entend rendre compte des réalités les plus complexes :

« Étant appelé à témoigner, à l'occasion d'une sorte de crime, il a gardé une certaine réserve, comme il convient à un témoin de bonne volonté. Mais en même temps, selon la loi d'un cœur honnête, il a pris délibérément le parti de la victime et a voulu rejoindre les hommes, ses concitoyens, dans les seules certitudes qu'ils aient en commun, et qui sont l'amour, la souffrance et l'exil. C'est ainsi qu'il n'est pas une des angoisses de ses concitoyens qu'il n'ait partagée, aucune situation qui n'ait été aussi la sienne.

Pour être un témoin fidèle, il devrait rapporter surtout

---

1. « Montrer tout le long de l'ouvrage que Rieux est le narrateur par des moyens de détective » (*Carnets* de Camus).

les actes, les documents et les rumeurs. Mais ce que, personnellement, il avait à dire, son attente, ses épreuves, il devait les taire. S'il s'en est servi, c'est seulement pour comprendre ou faire comprendre ses concitoyens et pour donner une forme, aussi précise que possible, à ce que, la plupart du temps, ils ressentaient confusément... Quand il se trouvait tenté de mêler directement sa confidence aux mille voix des pestiférés, il était arrêté par la pensée qu'il n'y avait pas une de ses souffrances qui ne fût en même temps celle des autres et que dans un monde où la douleur est si souvent solitaire, cela était un avantage. Décidément, il devait parler pour tous » (p. 302-303).

• Les grandes pestes de l'histoire

Rieux et Camus sont tellement scrupuleux dans leur volonté de se faire des chroniqueurs, uniquement des chroniqueurs, qu'ils omettent même à plusieurs reprises de nous donner les informations apparemment les plus nécessaires. Ainsi dans le texte significatif de la page 44, lorsque le docteur Rieux reste seul avec lui-même après avoir entendu prononcer pour la première fois, par Castel, le mot de peste. Malgré lui, bien qu'il veuille simplement rappeler dans son esprit avec précision tout ce qu'il sait d'utile sur le fléau, ce sont des *images* qui l'assaillent, pêle-mêle, souvenirs devenus brusquement actuels de ses lectures d'autrefois, résurgences soudaines de tableaux atroces :

« ... Athènes empestée et désertée par les oiseaux, les villes chinoises remplies d'agonisants silencieux, les bagnards de Marseille empilant dans des trous les corps dégoulinants, la construction en Provence du grand mur qui devait arrêter le vent furieux de la peste, Jaffa et ses hideux mendiants, les lits humides et pourris collés à la terre battue de l'hôpital de Constantinople, les malades tirés avec des crochets, le carnaval des médecins masqués pendant la Peste noire, les accouplements des vivants dans les cimetières de Milan, les charrettes de morts dans Londres épouvanté, et les nuits et les jours remplis partout et toujours du cri interminable des hommes » (p. 45).

Pour Rieux qui est médecin et qui a beaucoup lu, ces quelques lignes suffisent, il n'a pas pour lui-même à éclaircir les allusions, *il sait;* le narrateur par conséquent, qui affirme retracer les méditations de Rieux, s'interdit de rien ajouter, ce ne serait pas psychologiquement vraisemblable[1]. Et le lecteur, s'il n'a pas fait les mêmes études et les mêmes lectures, ne pourra qu'entrevoir ce qui se cache derrière ces phrases; la crainte naîtra pour lui du vague de la menace *comme pour l'immense majorité des habitants de la ville,* - non d'une évocation précise.

Quels tableaux, pourtant, si l'auteur avait voulu décrire ! Que l'on consulte les documents historiques cités en annexe (p. 79-80), on comprendra ce qu'a été dans ce livre l'ascétisme de Camus, à quels effets il renonce.

• L'exemple et le ton de Thucydide

Pour une seule de ces images, - mais c'est effectivement celle qu'il pouvait se rappeler avec le plus de précision, - le narrateur nous indique nettement la source de son souvenir : *Lucrèce,* et par conséquent *Thucydide* (Lucrèce suit de fort près dans le passage célèbre qui termine son *De natura rerum* le récit que fait Thucydide de la grande peste d'Athènes dans *La guerre du Péloponnèse*). Le docteur Rieux a lu ces deux auteurs avec une très grande attention, cela ne nous étonne pas car il appartient à la même famille d'esprits[2] : il a exactement leur probité, leur simplicité, leur profonde pitié humaine, leur volonté d'être utiles... Écoutons Thucydide nous parler de l'épidémie en Afrique; c'est le ton même de Rieux, reconnaissable entre tous :

> « Que chacun, médecin ou non, se prononce selon ses capacités sur les origines probables de ce mal, sur les causes qui ont pu occasionner une pareille perturbation, je me contenterai d'en décrire les caractères et les symptômes capables de faire diagnostiquer le mal au cas où il se reproduirait. Voilà ce que je me propose, en homme qui a été lui-même atteint et qui a vu souffrir d'autres personnes. »

1. En fait c'est l'un des moments où il se trahit; comment le narrateur peut-il retracer aussi bien les méditations de Rieux, s'il n'est pas Rieux lui-même?
2. Rieux et Camus admirent Thucydide pour la raison même indiquée par Nietzsche dans *Le crépuscule des idoles* : « *Thucydide a le courage de la réalité, il ne se réfugie pas dans l'idéalisme comme Platon* » (cf. Carina Gadourek, *Les Innocents et les coupables*, p. 117).

Dès lors comment le docteur Rieux, qui regarde actuellement au loin la courbe parfaite du golfe d'Oran, ne se rappellerait-il pas d'une façon spéciale la peste qui fit mourir Périclès, « et ces bûchers que les Athéniens frappés par la maladie élevaient devant la mer. On y portait les morts durant la nuit, mais la place manquait et les vivants se battaient à coups de torches pour y placer ceux qui leur avaient été chers, soutenant des luttes sanglantes plutôt que d'abandonner leurs cadavres » (p. 45).

Ici seulement, Rieux s'abandonne pendant quelques secondes à son souvenir, et le narrateur consent à nous rapporter ce qu'il imagine : « ... les bûchers rougeoyants devant l'eau tranquille et sombre, les combats de torches dans la nuit crépitante d'étincelles, et d'épaisses vapeurs empoisonnées montant vers le ciel attentif »... (p. 45). Mais aussitôt la phrase s'interrompt. Cette suggestion du *ciel attentif*, déjà, était peut-être de trop, introduisant dans la chronique les idées particulières du chroniqueur, et le sobre éclat de la peinture trahissait Camus... Le récit reprend, aussitôt après, sa simplicité caractéristique.

• Le dédain des lois et des structures ?

Comme Roland Barthes l'a rappelé à l'auteur sans ménagement [1], s'appuyant sur les définitions de Littré, le défaut des chroniques c'est de n'être que « *des suites de faits selon l'ordre des temps* », par opposition à l'histoire, qui cherche, elle, à étudier ces faits dans leurs *causes* et dans leurs *conséquences*, qui entend découvrir des *structures*, des *lois*. Or la connaissance des lois, seule, peut être libératrice. Lorsque nous parvenons à connaître le déterminisme des phénomènes dans un domaine donné, alors et alors seulement nous pouvons, en modifiant un élément à notre portée (si nous en trouvons un), orienter l'ensemble selon nos buts. Pour vaincre la peste, il faut savoir exactement comment elle se propage, et ce qui la cause... Si l'ouvrage de Camus, donc, s'obstine à demeurer une chronique, il sera nécessairement insuffisant ; incapable de nous prémunir contre un nouveau fléau, il nous aura fait compatir et trembler pour rien.

1. Dans la revue *Club*, février 1955.

L'accusation est grave, et elle le sera bien davantage tout à l'heure lorsque nous étudierons la signification politique du livre. Qu'en est-il exactement, sur le plan premier de l'épidémie ?

Le chroniqueur, ici, est médecin, médecin praticien. Il n'a pas d'expérience personnelle de la peste et il ne la reconnaît vraiment qu'une fois prévenu par Castel, mais il possède, sur ses vecteurs possibles, des connaissances suffisantes pour envisager tout de suite les mesures à prendre. Non plus certes afin d'éviter l'épidémie puisqu'elle est là, mais pour l'empêcher de se propager, d'aller contaminer d'autres ports ou d'autres régions et y tuer des hommes. Ces mesures, malgré l'aveuglement, le manque de courage ou la résistance d'un certain nombre de responsables, il use de tout son pouvoir, avec Castel, pour qu'elles soient prises à temps, alors même qu'elles vont le séparer, d'une façon qui peut être définitive, de la femme qu'il aime. Sur ce point donc, assurément, son attitude n'est pas seulement de simple dévouement ni sa chronique de simple témoignage. Toutes deux s'attaquent déjà aux mécanismes du fléau. Elles sont fécondes.

● *La recherche des causes*

Mais le déterminisme *causal* proprement dit est presque toujours beaucoup plus difficile à préciser que celui des moyens de propagation. La peste qui assaille la ville ne ressemble pas tout à fait aux précédentes, les sérums qu'on a fait venir sont inefficaces. Il faut isoler l'agent spécifique pour agir sur lui, puis chercher en tâtonnant le moyen de le détruire ou d'immuniser les hommes contre lui, multiplier les analyses et les expériences, éprouver sur les malades eux-mêmes les produits découverts.

Rieux, sans doute, ne s'adonne pas personnellement à cette recherche des causes, mais l'accuser de ne pas lui donner son importance est paradoxal, car il y contribue volontairement et efficacement. Il communique aussitôt au vieux docteur Castel toutes ses observations et les résultats des analyses qu'il fait faire. Il participe à l'élaboration du nouveau remède, et c'est même lui qui décide de la première expérience décisive lorsque le sérum est prêt. Il pratique la longue inoculation sur le corps d'un enfant dont le cas lui a paru désespéré.

On se rappelle la scène, peut-être la plus belle du livre. L'enfant souffre pendant des heures, résiste davantage semble-t-il, son martyre d'innocent est interminable ; tous les assistants sont bouleversés, mais lorsque Rieux entend le Père Paneloux murmurer sourdement, dans sa pitié : « S'il doit mourir, il aura souffert plus longtemps », Rieux se retourne brusquement vers lui et, pour la première fois dans cette chronique où nous l'avons toujours vu si pondéré, si calme, nous devinons, nous ressentons presque physiquement toute la passion qui est en lui, la violence dont il pourrait être capable. Il ouvre la bouche pour parler, pour jeter au Père ce qu'il pense, et ce n'est qu'au prix d'un effort visible qu'il parvient à se dominer, ravalant sa colère, ne voulant rien dire au chevet de l'enfant. Mais dès que le petit est mort et que le Père a béni son corps supplicié, à peine hors de la pièce il n'en peut plus, il éclate. Non, il n'appartient pas à celui qui a osé appeler la peste un châtiment de Dieu d'accuser aujourd'hui « la vaine science humaine » (p. 99) parce qu'elle prolonge aujourd'hui la torture d'un enfant. La dignité de l'homme c'est de tenter quelque chose contre le mal au risque même des échecs les plus douloureux, ce n'est pas d'essayer de le justifier avec des dogmes. Castel et Rieux vont recommencer leur travail, recommencer et recommencer encore. Quelques mois plus tard, un nouveau sérum sera trouvé, qui commencera à sauver des vies.

• Le « relativisme » du docteur Rieux

A s'en tenir au plan de la peste, par conséquent, les reproches de Roland Barthes nous paraissent tomber à faux. La *chronique* de Rieux est celle d'un homme qui se préoccupe des *lois* et des *structures*. C'est une chronique d'*homme de science*, à conditions d'entendre cette expression dans le sens exact où Rieux accepterait de l'employer, un sens très relatif et très modeste.

Même dans le domaine des sciences mécaniques en effet, l'homme n'a que des connaissances limitées. A plus forte raison dans celui des sciences de la vie et des sciences humaines. Il n'atteint souvent (certains disent même toujours) que les déterminismes statistiques, les lois des grands nombres. C'est déjà beaucoup certes; finalement le sérum de Castel contribue réellement à chasser la peste !... Mais les conditions d'application des lois, les différences entre les organismes par exemple, sont d'une telle complexité que les résultats individuels sont imprévisibles. Grand est sauvé, et Tarrou meurt [1]. Pourquoi ? - « *Notre siècle découvre avec angoisse,* dira Camus, *que soustraire l'homme au destin revient à le livrer au hasard* [2] », les déterminismes des zones causales différentes se recouperont toujours pour nous en des points imprévisibles !... Il faut agir, et agir selon ce que nous savons, toute démission est une lâcheté; Rieux naturellement a fait tout ce qui était en son pouvoir pour sauver son ami, - mais il savait en le soignant que « sa seule tâche, en vérité, était de donner des occasions à ce hasard qui trop souvent ne se dérange que provoqué » (p. 284)... Le hasard ne se dérange pas pour Tarrou, il ne se dérange pas pour la femme de Rieux. La science, pas plus que l'amitié ou l'amour, n'a pu les sauver. Démentant les illusions qu'avaient placées en elle notre XVIIIe et notre XIXe siècle, elle nous rappelle sans cesse que nos connaissances, et par conséquent nos pouvoirs, sont de l'ordre du relatif. Il n'y a pas d'absolu pour l'homme.

• *Les contradictions du docteur Rieux*

Dans le domaine moral pourtant, Rieux continue à hésiter, et ses contradictions, qu'il ne cherche pas à cacher, apparaissent même déconcertantes.

Comment ? Cet homme, nous l'avons vu, a fait prendre aux autorités responsables des mesures d'isolement extrêmement sévères et il admet qu'on les fasse respecter par la force; il accepte de se faire accompagner, chez certains de ses malades, par des policiers ou des soldats pour imposer les envois aux camps d'isolement; il respecte douloureusement, pour lui-même, la loi de tous, et il a déclaré à Rambert au début du livre qu'il était résolu à refuser toute injustice, toute concession. On ne saurait être plus net. Or ce même homme maintenant, face à Rambert, non seulement ne songe pas

1. Bien entendu, c'est l'auteur qui le décide ainsi (voir plus loin, p. 51), mais *comme la nature!* La question *Pourquoi?* s'impose à nous exactement de la même façon que dans la vie réelle.
2. *L'homme révolté*, p. 48.

une seconde à l'empêcher de franchir clandestinement les portes de la ville au risque d'aller porter la peste à l'extérieur (et d'abord à sa femme [1]), mais il n'essaie même pas de l'en dissuader ou de l'en blâmer; davantage il lui souhaite de réussir, et il l'accepte dans ses formations sanitaires bien qu'il le sache toujours décidé à partir, le rendant ainsi probablement plus contagieux encore !... Où peut être ici la logique et son *honnêteté* habituelle, cette *honnêteté* dont il dit pourtant, « même si c'est une idée qui peut faire rire », que c'est la seule façon de lutter contre la peste (p. 164)? La contradiction n'est-elle pas flagrante?

Rieux se pose le premier la question bien entendu; Tarrou et Rambert la lui posent. Il ne peut pas répondre; *il ne sait pas*, il répète à plusieurs reprises qu'*il ne sait pas*. Il se sent « *incapable*, dit-il, de juger de ce qui est bien ou de ce qui est mal en cette affaire (p. 203). Essayons d'analyser son attitude.

● *Les choix difficiles*

Ne croyant pas en Dieu (p. 128) Rieux ne peut miser que sur le bonheur (p. 140) : l'homme doit croire au bonheur, puisqu'il le rencontre ou l'atteint parfois, puisque toute vie est la recherche de sa plénitude... Mais Rieux, d'autre part, est beaucoup trop lucide pour avoir jamais pensé comme Ivan Karamazov que si Dieu n'existe pas tout est permis. Il sait trop bien que chacun de nos actes a ses conséquences, et que c'est elles précisément, selon qu'elle contribuent normalement au bonheur ou au malheur, qui peuvent définir le bien ou le mal. Seulement ces conséquences, sauf à très court terme, ne sont pour ainsi dire jamais prévisibles avec une certitude entière. Il y a seulement des probabilités statistiques, et c'est là qu'est le problème.

Le plus grand de tous les bonheurs n'est-il pas celui de la tendresse humaine, qui implique que l'on protège d'abord sa propre vie et celle de l'être aimé, que l'on vive

---

1. « *A vrai dire, ce n'était pas sa femme*, a expliqué Rambert à Rieux, *mais c'était la même chose* » (p. 87). Rambert et Rieux, effectivement, emploient tous deux cette expression; « maîtresse » ne serait pas exact.

avec lui la difficile conquête de chaque jour ? Rieux ne trouve rien en lui pour condamner tous ceux qui sont certains, autant qu'on peut l'être sur terre, de pouvoir vivre cet amour pleinement, tout de suite, et qui passent pour cela par-dessus les lois et les autres. Si Rambert est sûr, absolument sûr, même en parvenant à fuir dans ces conditions, de connaître pendant un temps suffisant un bonheur intense avec celle qu'il aime, qu'il parte ! Rieux n'aurait le droit de le condamner que s'il avait la même certitude, absolue et non relative, que Rambert va propager l'épidémie ; or celui-ci *risque* seulement de le faire. Qu'arrivera-t-il en réalité ? Personne ne peut le dire. Rambert peut aussi bien être tué dans sa fuite ; sa femme peut mourir avant qu'il la rejoigne et il aura ainsi exposé les autres pour rien. Comment juger ?

Il n'y a pas de certitude. Il ne peut y avoir pour Rieux, étant donné ses conceptions scientifiques, que des réponses probables, et finalement individuelles. Encore lui sont-elles presque incompréhensibles.

« Rien au monde ne vaut qu'on se détourne de ce qu'on aime, dit-il. Et pourtant je m'en détourne, moi aussi, sans que je puisse savoir pourquoi... C'est un fait... Enregistrons-le et tirons-en les conséquences. - Quelles conséquences ? demanda Rambert. - Ah !... on ne peut pas en même temps guérir et savoir. Alors guérissons le plus vite possible. C'est le plus pressé » (p. 209).

Assurément. La soumission à l'urgence est toujours la première règle. Mais le lecteur, malgré tout, demeure insatisfait devant cette absence de réponse. Pour lui qui a le temps de réfléchir, la question se pose : comment dépasserait-il les contradictions de Rieux, s'il était à sa place ?

Car enfin, bien d'autres que Rambert, dans la ville, s'estiment certainement aussi heureux que lui, son cas n'est pas exceptionnel. Or Rieux a « condamné » (au sens pratique du mot) leur bonheur. S'agissant de l'intérêt *général*, c'est en s'appuyant sur les lois *générales* de la contagion, certaines seulement pour les grands nombres, qu'il a exigé des mesures d'isolement draconiennes. En politique donc (car il s'agit bien ici d'une décision *politique*, concernant toute la cité [1]), pour la société considérée dans son ensemble, Rieux applique

1. En grec, *polis*.

encore les lois de la science, statistiques. Mais il hésite, et il avoue un trouble profond, lorsqu'il s'agit d'un individu donné et connu de lui, de décisions et surtout de « condamnations » *morales*... En fait le vieux besoin de fonder les principes éthiques sur un absolu est toujours vivace en lui, malgré son relativisme. Il n'a pas osé encore regarder en face cette vérité amère que même les jugements de valeur les plus importants, ceux dont dépendent notre vie et l'estime que nous avons de nous-mêmes, doivent être fondés eux aussi sur des connaissances approchées, incomplètes, seulement probables... Le bien et le mal reposent sur des pourcentages !...

Mais la pratique nous impose souvent, avant que nous les admettions au fond de nous-mêmes, les conclusions les plus douloureuses pour l'orgueil humain. Rieux tel qu'il est, médecin lucide, ne peut pas rester heureux avec lui-même, malgré sa tendresse pour sa femme, s'il ne prend pas les mesures nécessaires contre la peste, - qui vont le séparer d'elle. Rambert, journaliste intelligent, se donne pendant des semaines des excuses ridicules (« Je ne suis pas de cette ville ! ») parce qu'il ne veut pas lâcher ce qu'il croit un absolu, son amour, pour respecter des règles relatives, temporaires, fussent-elles très importantes. Mais tel qu'il est, précisément à cause de son intelligence, il doit finalement s'incliner aussi, et il prendra la même décision que Rieux : sa fuite, dit-il, « le gênerait pour aimer celle qu'il avait laissée » (p. 208).

L'amour et le bonheur exigent qu'on soit d'accord non seulement avec soi-même et avec l'autre, mais avec le monde... Nous sommes bien forcés d'être solidaires ! Même si la peste choisit ses victimes d'une façon qui nous paraît aveugle, son déterminisme, qu'il soit mécaniste ou statistique, nous interdit, sous peine d'inefficacité, la moindre exception dans la lutte que nous menons contre elle. La morale humaine, elle aussi, est relative, mais, comme la peste, elle nous concerne tous et elle concerne tous nos actes.

Mais déjà, sans quitter l'épidémie, nous sommes au cœur des grands problèmes politiques de notre temps. Il nous faut lire le livre sur *sa seconde portée*.

• *L'occupation allemande*

A chaque page ou presque, pour tous ceux qui ont connu l'occupation allemande et la Résistance, se lèvent les souvenirs. La coupure de la France en deux zones et l'impossibilité de correspondre de l'une à l'autre autrement que par des cartes aux formules toutes faites; la limitation de plus en plus stricte du ravitaillement, le rationnement de l'essence et des vivres, la brusque ascension des trafiquants, le marché noir; la misère de plus en plus grande des plus pauvres, obligés d'accepter les pires besognes; le piétinement depuis l'aube à la porte des magasins ou des mairies pour obtenir 200 grammes d'une matière inconnue ou le papier qui y donnait droit; la coupure totale du monde et l'écoute à la fois exaltante et irritante de la radio anglaise au ton nécessairement toujours un peu faux; les premières rafles, les Juifs marqués d'un signe spécial, les exécutions en banlieue ou au Mont Valérien, les incendies, la mort descendant du ciel au hasard; les semaines de prières, les mandements des évêques vichyssois expliquant les malheurs de la patrie par l'éloignement de la morale traditionnelle et présentant l'occupation comme une épreuve envoyée par Dieu pour retirer les âmes de leur mortel assoupissement; les superstitions délirantes à mesure que la guerre se prolongeait et que beaucoup de gens ne croyaient plus à rien; les écoles transformées en hôpitaux, les blessés des bombardements, enfants et adultes mêlés, hurlant de douleur dans les salles de classes au tableau desquelles on lisait encore les exercices de calcul des jours heureux; les stades devenus des camps d'isolement, la souffrance des emmurés « qui est de vivre avec une mémoire qui ne sert à rien », la résistance trop lente à naître, les hésitations ou les refus auxquels on ne s'attendait pas, la recherche des filières, les discussions violentes tout d'un coup entre celui qui croyait au ciel et celui qui n'y croyait pas, puis leur réconciliation presque aussi soudaine pour se réunir dans les seules tâches importantes; plus profond encore, le déchirement de ceux qui s'aimaient et qui se séparaient pourtant chaque fois qu'il le fallait parce que c'était leur amour même qui se serait corrompu dans la lâcheté civique; l'exil; la vie restée apparemment toujours la même et pourtant totalement changée; la torture toujours présente dans l'ombre, les fumées épouvantables des crématoires... on n'en finirait pas de citer !... La chose n'est pas niable, *La peste* est un témoignage indirect, mais d'une profondeur d'observation extrêmement puissante et convaincante, sur l'oppression nazie dans notre pays. Précisément parce que ce témoignage est indirect, Camus a été obligé de rechercher la vérité la plus profonde sous la surface des événements particuliers et des sentiments vécus par chacun. Il a voulu, et il a su, atteindre l'essentiel.

• *Une morale de Croix-Rouge?*

L'ennemi n'est pas nommé sans doute, et il ne peut pas l'être, mais, Camus peut le proclamer avec fierté dans sa réponse à Roland Barthes [1], « *c'est un fait que tout le monde l'a reconnu* », et pas seulement en France, « *dans tous les pays d'Europe* ». Le succès du livre vient de là pour une très grande part. Chacun des premiers lecteurs a retrouvé dans *La peste* quelque chose de ce qu'il avait subi, senti, pensé, voulu. Chacun a pu revivre, puis méditer la façon dont il avait réagi ou aurait pu réagir, - acceptant passif ou résistant.

C'est sur ce point pourtant que Camus a subi les plus vives attaques. On lui a reproché, comme Rambert à Rieux bien que dans un sens opposé (p. 90), *l'abstraction* volontaire de son récit : Vous vous dérobez et vous nous dérobez à l'action politique proprement dite, lui ont dit à peu près Bertrand d'Astorg, Francis Jeanson, Jean-Paul Sartre, Roland Barthes; vous refusez ce qui est seul efficace, d'appeler à la lutte contre des causes précises et nettement désignées, contre les structures ou les individus responsables de l'exploitation et de la guerre. Vous êtes inutile, démobilisateur, et votre morale n'est qu'une morale de Croix-Rouge ! Travailler à soulager les victimes d'un conflit c'est bien, travailler à empêcher de nouveaux conflits c'est mieux. Que feraient vos personnages en face non plus d'un fléau naturel, mais d'un fléau humain, trop humain?

1. Revue *Club*, revue du Club du meilleur livre, février 1955.

La réponse de Camus et de ses amis est nécessairement complexe car il y a ici plusieurs reproches distincts. Les détracteurs de *La peste*, qui invoquent tellement l'histoire, ont constamment tendance à oublier qu'elle change. Ils pourfendent encore le nazisme alors que celui-ci a disparu en tant que tel; ils ne voient pas ou ne veulent pas voir les tyrannies d'aujourd'hui ou ils ne veulent en voir qu'une, alors qu'elles ont tant de visages qu'ils tolèrent... De plus, pour une grande part, les générations qui ont laissé s'installer une tyrannie ne sont pas forcément celles qui la subissent : ceux qui ont eu vingt ans en 1940, en Allemagne comme en France, étaient-ils coupables de tout ce qui avait causé l'hitlérisme ? Les jeunes gens et les jeunes filles du Viet-Nam, ceux qui maintenant se battent, auraient-ils pu empêcher, prévenir, les bombardements américains ? Les victimes du stalinisme ont-elles été uniquement ses responsables ?

Dès lors, le premier des buts de Camus, c'est « *que* La peste *puisse servir à* **toutes** *les résistances contre* **toutes** *les tyrannies* [1] ». N'en attaquer qu'une seule est trop souvent compris comme une légitimation des autres. *La peste* montre d'abord comment vaincre *les tyrannies présentes*, qu'on ait pu les empêcher ou non, *indépendamment donc des responsabilités toujours discutables*... Mais elle se termine aussi, « *très clairement* » nous dit Camus reprenant les phrases mêmes de son livre, « *par l'annonce et l'acceptation des luttes à venir. Elle est un témoignage de ce qu'il avait fallu accomplir et que sans doute* (les hommes) *devraient encore accomplir contre la terreur et son arme inlassable, malgré leurs déchirements personnels* [2] ». Si elle ne précise pas, c'est à dessein.

Quant à l'autre question : « *Que feraient les combattants de* La peste *devant des ennemis à visage d'hommes ?* », Camus, qui n'aime guère pourtant évoquer ses activités clandestines de combattant, y répond par le rappel des faits : « *Cette question est injuste en ce sens qu'elle doit être écrite au passé et qu'elle a déjà reçu sa réponse, qui est positive. Ce que ces combattants, dont j'ai traduit un peu de l'expérience, ont fait, ils l'ont fait justement contre des hommes, et à un prix que vous connaissez.*

---

1. 2. Réponse de Camus à Roland Barthes, dans *Club*, revue du Club du meilleur livre, février 1955.

Ils le referont sans doute devant toute terreur et quel que soit son visage, car la terreur en a plusieurs, ce qui justifie encore que je n'en aie nommé précisément aucun pour pouvoir mieux les frapper tous [1]. »

Tel est le débat... En fait, malgré la force des arguments de Camus et l'injustice des reproches qui lui sont faits, il n'est pas douteux que sa position dans *La peste* demeure ambiguë. Le problème essentiel de l'opportunité d'un recours à la force, en particulier, n'est pas de ceux qui peuvent se résoudre par un symbole, il exige, si l'on veut être sûr de ne pas produire plus de mal que de bien, cette étude minutieuse des situation particulières qui justement est impossible dans *La peste*.

Rieux, comme médecin de la clandestinité, et Grand, et Paneloux, et Rambert après un long temps d'hésitation, et même le vieux juge Othon d'abord si antipathique entreraient dans toute Résistance contre une tyrannie humaine, cela est sûr. La question est de savoir s'ils le feraient assez tôt, préventivement, s'ils nous invitent à militer pour le combat de tous les jours, si difficile ! Tant d'actions aboutissent à des résultats tout autres que ceux qui avaient été visés... Et la question est également de savoir ce que ferait Tarrou. Tarrou qui n'est pas l'auteur, mais qui représente aussi, sans nul doute, un aspect de la pensée de l'auteur ; Tarrou, qui a trop vu, dans sa longue expérience des hommes, au nom de quoi bien des hommes acceptent finalement de tuer. Tarrou ne dit-il pas, en termes exprès :

« J'ai décidé de refuser tout ce qui, de près ou de loin, pour de bonnes ou de mauvaises raisons, fait mourir ou justifie qu'on fasse mourir (p. 251)... Je sais que je ne vaux plus rien pour ce monde lui-même et qu'à partir du moment où j'ai renoncé à tuer, je me suis condamné à un exil définitif. *Ce sont les autres qui feront l'histoire* » (p. 252-253).

Tarrou ne peut plus se donner, effectivement, qu'à la Croix-Rouge. Il ne croit plus à des guerres justes, même de légitime défense. Il ne s'attaque plus qu'à une seule cause de malheur, le fait de tuer, alors qu'il y en a des multitudes d'autres. On peut l'admirer, - et on souhaite à ceux qui le

1. Réponse de Camus à Roland Barthes, dans *Club*, revue du Club du meilleur livre, février 1955.

méprisent de n'avoir jamais besoin, pour eux-mêmes ou pour leur famille, de l'héroïsme des non-violents, - il ne peut pas, je crois, être réellement un exemple.

• L'absence des Arabes

Sur deux autres points enfin, très différents, il faut reconnaître que nous prenons le docteur Rieux en défaut : sa chronique, d'abord, qui ne vise le général, nous l'avons vu, que par la peinture exacte d'une situation particulière, oublie presque tout à fait, dans cette peinture particulière d'une ville d'Algérie, les Arabes !... Rieux refuse nettement, certes, de collaborer à la propagande de la puissance coloniale. Puisque le témoignage de Rambert sur les conditions de vie et l'état sanitaire de la population autochtone ne pourrait être sans réserves, il ne soutiendra pas ce témoignage de ses renseignements [1], nous est-il dit au début du livre. Néanmoins, dans la suite de son récit, les Arabes n'apparaissent plus jamais en tant que tels ; ils se fondent en quelque sorte parmi les plus pauvres, sans que leurs particularités religieuses, morales, ethniques, soient le moins du monde mentionnées. Quelle est la proportion des morts parmi eux, dont l'état sanitaire n'est pas bon ? Est-elle plus forte que parmi les « petits blancs » ? de combien ? Que dit-on dans leurs maisons, dans les cafés maures, dans les mosquées ? Pourquoi n'ont-ils droit dans le récit à aucun personnage caractéristique ? Camus est si préoccupé, semble-t-il, de faire du peuple d'Oran sous la peste l'image même des peuples d'Europe sous les dictatures qu'il efface à peu près complètement de son livre, sans le dire et en prétendant même qu'il parle pour tous, la communauté musulmane. Lui qui avait écrit en 1939 le terrible reportage *Misère de la Kabylie* omet de souligner, dans sa description politique du fléau, les conditions qui vont précisément, pour l'Algérie et pour la France, le faire renaître au plus vite. Il est impossible de ne pas rappeler ici avec Conor Cruise O'Brien [2] que, huit ans à peine après la publication du livre, « *les rats sont revenus*

---

1. Bien que Rieux admette volontiers qu'une condamnation totale serait sans fondement.
2. Député irlandais, ancien vice-chancelier de l'Université du Ghana, auteur d'un *Albert Camus*, dans la collection *les Maîtres modernes* chez Seghers (1970).

mourir dans les villes d'Algérie,... elles ont laissé monter à la surface des furoncles et des sanies qui jusqu'ici les travaillaient intérieurement ». L'insurrection algérienne est née précisément de ces « conditions de vie » sur lesquelles Rambert n'a pas terminé son enquête, dans ces quartiers où Rieux ne nous a pour ainsi dire jamais conduits, - à l'intérieur de ces maisons dont il a soigné les malades sans doute, mais dont il n'a fait vivre pour nous aucun habitant... Le mois même où son livre, terminé, devait paraître, Camus, le cœur déchiré, pressentait que sa première application peut-être serait celle que *La peste* prévoyait le moins. Il écrivait dans *Combat* à propos de la répression à Madagascar et en Algérie : « *Le fait est là, clair et hideux comme la vérité : nous faisons, dans ces cas-là, ce que nous avons reproché aux Allemands de faire* » (10 mai 1947). Le docteur Rieux connaîtrait encore, certainement, des jours tragiques.

... Seulement, il est facile de le voir, si Camus avait peint réellement les *deux* « communautés », le livre ne pouvait plus répondre aux intentions de son auteur, qui voulait nous présenter *la* « communauté » essentielle des hommes devant l'épidémie, devant l'oppression, devant le mal. Une question se pose alors : pourquoi Camus a-t-il choisi Oran, et non pas Marseille par exemple ? - Non seulement parce que Camus connaissait beaucoup mieux Oran, mais parce que la ville, plus petite, ramassée sur elle-même et comme enfermée (au milieu des Arabes précisément), neutre, presque sans arbres, lui a paru, *esthétiquement*, le lieu idéal pour y faire vivre, ensemble, *les prisonniers* de tous les fléaux (*Les prisonniers* était le premier titre de *La peste*).

• *Le bacille qui ne meurt jamais*

Second point à mon avis sur lequel nous prenons le narrateur en défaut, Rieux affirme à la fin de sa chronique, pour la première fois dans l'ouvrage, quelque chose qu'il ne sait pas :

> « Le bacille de la peste ne meurt ni ne disparaît jamais, dit-il, il peut rester pendant des dizaines d'années endormi dans les meubles et le linge, il attend patiemment dans les chambres, les caves, les malles, les mouchoirs et les paperasses... » (p. 309).

Cela est écrit dans les livres, affirme Rieux. Sans doute, mais dans les vieux livres [1]. Les études récentes disent seulement que le bacille de la peste, dans certaines conditions, peut vivre des mois, quelquefois des années, mais qu'une « *survie aussi prolongée n'a jamais été constatée dans les expériences de laboratoire* ». Contrairement à l'affirmation de Rieux, la peste semble donc bien *pouvoir* être définitivement vaincue par les hommes, en toute région, s'ils font progresser le niveau de vie, l'hygiène et la protection sanitaire de façon suffisante. De même ni la guerre ni la tyrannie ne sont fatales, bien que Camus ait raison de nous prévenir que les bacilles en restent très longtemps vivants dans le cœur et les institutions des hommes. Le ventre est encore fécond d'où a surgi la chose immonde, dit Brecht... il ne faut pas chanter victoire hors de saison, mais il ne faut pas non plus proclamer la défaite irrémédiable; il faut regarder et agir [2].

A la vérité, c'est d'un bacille d'un tout autre genre qu'il est question dans la dernière phrase du docteur Rieux, le seul bacille en effet dont on puisse dire avec une certitude quasi totale [3] qu'il ne meurt jamais, que toutes ses défaites sous l'action des hommes sont provisoires : le bacille de la mort elle-même... Le cadre de l'épidémie, cette fois, a éclaté. Le livre révèle au grand jour, dans sa dernière phrase, sa *portée* philosophique.

MÉDITATION VÉCUE
SUR LA CONDITION HUMAINE

- *Nous sommes tous des condamnés à mort*

« *Nous sommes tous des condamnés à mort* », mais nous avons tendance à l'oublier sans cesse bien que nous le sachions parfaitement. Presque chaque jour les quotidiens consacrent la plus neutre de leurs grandes pages aux avis de décès *ordinaires* si je puis dire, aux morts *naturelles*. Quelle force

---

1. Camus résume une longue énumération qui figure dans le *Traité de la peste* du Docteur Manget (1721), mais il ajoute une notation moderne : les paperasses, instrument typique d'une bureaucratie tracassière (note de Louis Faucon dans son édition de *La Peste*).
2. Épilogue de *La résistible ascension d'Arturo Ui*, de Bertold Brecht.
3. Bien rares aujourd'hui les savants qui espèrent que l'homme, peut-être, pourra un jour vaincre la mort... et suggèrent une congélation en attendant cette époque bénie.

dans ce dernier mot si nous faisions attention ! Mais nous lisons à peine dès lors que nous ne connaissons pas... Il faut des morts spéciales pour nous bouleverser : la disparition d'un être cher, la fin absurde de Camus ou de tant d'autres sur des routes heureuses, la catastrophe d'un raz de marée, les massacres perpétrés par des hommes contre d'autres hommes. La mort de tous les jours, si régulière bien que nous ne sachions ni le jour ni l'heure, ne semble pas nous concerner.

« *Le dernier acte est sanglant, quelle que soit la comédie en tout le reste; on jette enfin de la terre sur la tête, et en voilà pour jamais* [1] ». La phrase de Pascal n'a pas encore assez de force pour Camus. Même sinistre, le rituel monotone des inhumations garde une certaine décence. La mort en réalité est une « *aventure horrible et sale* » et nous la portons en nous, voilà ce que la peste nous crie avec plus de brutalité même que la guerre, précisément parce qu'elle est naturelle...

Profondément sans doute la peste ne change rien. Même sans elle la « comédie » peut toujours être courte, et finir à peine commencée. Mais avec elle le dernier acte arrive tellement vite pour un très grand nombre que toutes les « comédies » en prennent une couleur de sang. Chacun peut mourir brusquement sur scène comme l'acteur qui joue Orphée au grand théâtre d'Oran (p. 200); personne ne pourra dire que le coup de théâtre est invraisemblable... La peste oblige chacun à méditer sur sa propre fin et sur la fin de l'homme, sur la condition humaine.

« *Nous sommes tous des condamnés à mort* », et il n'y a pas de recours en appel; l'exécution a toujours lieu. *Condamnés* par qui ? - par un Dieu ? par le destin aveugle ? par le hasard absurde ?... Que vont répondre les personnages de Camus ?

● *Le premier prêche de Paneloux*

Le Père Paneloux est un homme d'études, savant et sincère. Mais, tel qu'il nous est présenté au début du livre, le moindre curé de campagne, qui administre ses paroissiens et qui a entendu la respiration d'un mourant, en sait plus que lui sur l'injustice et la cruauté qui marquent le sort des hommes

1. Pascal, *Pensées*, éd. Brunschvicg, III, 210.

(p. 129). N'ayant pas vu réellement périr devant lui, il peut développer avec bonne conscience des raisonnements qui lui paraissent irréfutables :

Les hommes sont ici-bas pour mériter le ciel. Y songent-ils en temps ordinaire ? Non. Dès lors la leçon de la peste est évidente : « Mes frères, vous êtes dans le malheur, mes frères, vous l'avez mérité... Trop longtemps, ce monde a composé avec le mal » (p. 97). La peste s'insère à sa place dans le plan immense de la création divine. Elle est, au sens littéral du terme, l'un de ces fléaux de Dieu qui battront implacablement le blé humain jusqu'à ce que la paille soit séparée du grain, les justes des méchants, les élus de tous ceux qui avaient été appelés (p. 98). La justice de Dieu est inattaquable... Mais comment ne pas voir aussi, réfléchissant au-delà des apparences, que cette justice de Dieu est seulement la face terrible de sa miséricorde infinie ? Chaque épreuve supplémentaire que Dieu nous envoie sur cette terre d'un jour, dans cette « vallée de larmes » où nous trouvons encore si souvent le moyen de rire et de jouir, chacune de ces *épreuves* est aussi une *preuve* d'amour. Dieu n'est pas tiède, l'amour n'est pas tiède. Dieu a donné la liberté à ses créatures humaines, mais il ne peut pas consentir qu'elles puissent échapper à sa tendresse, se satisfaisant envers lui de pâles visites le dimanche et de génuflexions sans ferveur ; il veut les voir longtemps, toujours, c'est là sa manière d'aimer, et à vrai dire c'est la seule manière d'aimer ; il veut les posséder et les sauver. Voilà pourquoi, ne pouvant les contraindre, il laisse parfois la peste ou la guerre les visiter, - pour que d'eux-mêmes, sans attendre, sans risquer la perte infinie mais songeant enfin à l'essentiel, ils reviennent à lui qui guette leur retour et qui pourra leur donner enfin sa béatitude. La volonté divine, sans défaillance, transforme le mal en bien, une lueur exquise d'éternité gît au fond de toute souffrance (p. 100). La peste est une preuve d'amour.

Camus a-t-il caricaturé Paneloux ? Il s'en est défendu avec vivacité. Presque chaque phrase du Père, dans son premier prêche comme dans le second, s'appuie sur une phrase de saint Matthieu, de saint Jean, de mandements d'évêques pendant les épidémies ou pendant l'occupation allemande. Lorsque Camus accepta, à la demande du R. P. Maydieu, de faire un exposé sur ses positions philosophiques au couvent des Dominicains de Latour-Maubourg, il tint à rappeler nettement : « Ce n'est pas moi qui ai inventé la misère de la créature, ni les terribles formules de la malédiction divine... Ce n'est pas moi qui ai crié... la damnation des enfants sans baptême [1] » ; elle est inscrite littéralement dans les œuvres de saint Augustin et de tant d'autres [2] !

• *La souffrance des enfants*

Même dans le premier prêche de Paneloux d'ailleurs, si violent qu'il apparaisse, si maladroit et si naïf sous le dogmatisme apologétique et l'éloquence traditionnelle, une charité profonde, se révèle [3], et la pitié est présente. Paneloux est un homme bon, logique avec lui-même, courageux. Il est l'un des premiers à s'engager dans les équipes de volontaires... Comment ne serait-il pas bouleversé devant le long supplice du petit qui constitue à tous égards la scène capitale du livre ? Non seulement il est impuissant lui-même devant cette souffrance, comme Castel, Rieux ou Rambert, non seulement le Dieu qu'il supplie à genoux demeure muet, mais toutes ses certitudes se heurtent d'un coup à la réalité révoltante sur laquelle il avait fermé les yeux. Parlant pour toutes les créatures humaines, croyait-il, il n'avait oublié que les enfants !

De quoi peuvent-ils être *punis* puisqu'ils ne sont pas encore responsables, quelles récompenses célestes peuvent-ils *mériter* puisqu'ils ne peuvent pas s'assumer eux-mêmes ? Ils ne sont conscients que pour souffrir !... A l'accusation farouche de Rieux : « Ah ! celui-là, au moins, était innocent, vous le savez bien ! », le Père ne peut répondre que par la confiance sans limite de l'amour qui accepte de ne pas juger celui qu'il aime, même si son attitude apparaît comme monstrueuse : « Je comprends, murmura Paneloux. Cela est révoltant parce que cela passe notre mesure. Mais peut-être devons-nous aimer ce que nous ne pouvons pas comprendre. »

Rieux alors se redresse d'un seul coup, il regarde Paneloux avec toute la force et toute la passion dont il est capable :

1. *L'Incroyant et les chrétiens* (Actuelles I, Pléiade, p. 373).
2. Camus a consacré toute la quatrième partie de son Diplôme d'Études supérieures, *Métaphysique chrétienne et néoplatonisme*, à saint Augustin. On trouvera cité le texte de saint Augustin sur les enfants morts, dans notre ouvrage *Le mal*, p. 23 (Coll. Thématique, Éd. Bordas, 1971).
3. « Les chrétiens sont meilleurs qu'ils ne paraissent », dit Rieux (p. 128).

« Non, mon Père, dit-il. Je me fais une autre idée de l'amour. Et je refuserai jusqu'à la mort d'aimer cette création où des enfants sont torturés » (p. 217).

Il n'est plus question de fléau ici, d'épidémie, de guerre, d'oppression quelconque. Chaque souffrance absurde de chaque innocent, quelle que soit sa cause, répète la même accusation métaphysique, sécrète la même révolte. Si Camus appelle *La peste « son livre le plus antichrétien* [1] », c'est à cause de cette réplique. Elle exprime une attitude déterminée, inébranlable, d'autant plus saisissante peut-être que Rieux sur tous les autres points est moins sûr de lui. Même lorsque Tarrou lui a demandé s'il croyait en Dieu, c'est avec une certaine hésitation que Rieux a donné sa réponse : « Non, dit-il, mais qu'est-ce que cela veut dire ? Je suis dans la nuit, et j'essaie d'y voir clair. Il y a longtemps que j'ai cessé de trouver ça original » (p. 128). Sur un seul point il est d'une détermination sans faille : puisque l'ordre du monde est réglé par la mort et puisque cet ordre est injuste, il faut lutter contre lui, même si Dieu existe... D'ailleurs aucun homme ne croit vraiment au Tout-Puissant puisqu'aucun homme, dit-il, ne s'abandonne à lui en totalité, renonçant à toute action (p. 129). Chacune de nos victoires sur la mort a beau n'être que provisoire, ce n'est pas une raison pour cesser de lutter (p. 131).

A la terrible accusation de Rieux, la réponse du Père jésuite paraît d'abord bien faible, et certains l'ont reproché à Camus, l'accusant de partialité.

« Sur le visage de Paneloux, une ombre bouleversée passa.
  - Ah ! docteur, fit-il avec tristesse, je viens de comprendre ce qu'on appelle la grâce » (p. 217).

Mais c'est là la réponse même de saint Paul, de saint Augustin, de Bossuet, de Teilhard. Ni Pascal, ni Mauriac n'ont plus ici d'arguments. « *Le problème du mal*, écrit Mauriac, *le mal innombrable et partout triomphant, il n'existe pas pour le chrétien une pierre d'achoppement pire que celle-là ; mais elle est telle que pour ne pas perdre cœur en butant contre, il ne lui reste qu'à la survoler, dans un effort délibéré de volonté. C'est cela, la foi. C'est cela, croire. C'est un cri dans la nuit, un cri répété par mille sentinelles, comme dit Baudelaire, « un appel*

1. Déclaration à Claudine Chonez (*Une semaine dans le monde*, juin 1947).

de chasseur perdu dans les grands bois » - oui, c'est cela : un cri auquel beaucoup d'autres répondent, et quelquefois, au-dedans de nous, quelqu'un qui nous comble tout à coup de sa paix et de son silence [1] ».

Le texte est beau, mais la phrase de Paneloux dans sa sobriété est sans doute plus émouvante, et elle clôt de manière plus forte une discussion de toute façon impossible puisque le Dieu qui est Quelqu'un, comme dit Claudel, ne découvre pas sa présence à tous. Quel pourrait être le sens, pour Rieux, de cet « effort délibéré de volonté » dont parle Mauriac, et qui oserait le lui proposer sans rougir, ou même simplement en parler devant lui ? La réalité d'ailleurs, ici encore, rappelle sa puissance. Leurs convictions ont beau demeurer irréductibles, Rieux et Paneloux, comme d'Estienne d'Orves et Gabriel Péri, comme Guy Mocquet et Gilbert Dru [2], sont du même côté quand même, dans leur lutte contre le mal; « vous voyez, dit Rieux en retenant la main de Paneloux, Dieu lui-même ne peut maintenant nous séparer » (p. 218).

• Le deuxième prêche de Paneloux

En disant cette dernière phrase pourtant, Rieux évite de regarder Paneloux. Pense-t-il déjà que le Père, bouleversé par le supplice de l'enfant mais ne pouvant perdre la foi, portera cette foi jusqu'à la conséquence ultime dont nous avons déjà parlé, l'abandon total, sans résistance personnelle aucune, à la volonté du Tout-Puissant ? Tarrou en tout cas n'a aucune hésitation lorsqu'il entend le Père, dans son deuxième prêche à la cathédrale, reprendre cette fois dans la Bible non plus les arguments des amis de Job, mais ceux de Job lui-même, et ne plus dire « vous », mais « nous », déclarant avec humilité qu' « il fallait seulement commencer de marcher en avant, dans la ténèbre, un peu à l'aveuglette, et essayer de faire du bien. ...Pour le reste, il fallait demeurer, et accepter de s'en remettre à Dieu, même pour la mort des enfants, et sans chercher de recours personnel » (p. 226).

« Quand l'innocence a les yeux crevés, commente Tarrou,

---

1. *Bloc-Notes* du 13 février 1960.
2. Les deux croyants et les deux non-croyants auxquels Aragon a dédié son célèbre poème de *La diane française* évoqué p. 28 (*La rose et le réséda, Celui qui croyait au ciel, celui qui n'y croyait pas*). D'Estiennes d'Orves et Gabriel Péri étaient des hommes faits, Guy Mocquet et Gilbert Dru de tout jeunes gens.

un chrétien doit perdre la foi ou accepter d'avoir les yeux crevés. Paneloux ne veut pas perdre la foi, il ira jusqu'au bout. C'est ce qu'il a voulu dire » (p. 228). On doit vouloir la mort des enfants parce que Dieu la veut (p. 224), on doit vouloir sa propre souffrance lorsque Dieu l'envoie. « Si un prêtre consulte un médecin il y a contradiction » (p. 227). Paneloux, atteint à son tour par ce qui est probablement la peste, meurt en respectant (à peu près) les règles sanitaires, mais sans se défendre ni vouloir qu'on le défende. Simplement il ne lâche plus son crucifix, respectant vraiment jusqu'à la mort, comme Jésus, le « *Fiat voluntas tua*[1] ».

Sur sa fiche on inscrira symboliquement : « Cas douteux » (p. 232).

• *La sainteté sans Dieu?*

La position de Tarrou est-elle moins mystique? Ce n'est pas sûr. Lui aussi a ses dogmes, ses certitudes qu'il faut bien appeler orgueilleuses quoiqu'il affirme plusieurs fois avoir appris la modestie :

> « Je sais de science certaine, ose-t-il dire (oui, ·Rieux, je sais tout de la vie, vous le voyez bien), que chacun la porte en soi, la peste, parce que personne, non, personne au monde n'en est indemne... Ce qui est naturel c'est le microbe » (p. 251).

Encore le péché originel donc, - la *peste originelle* en quelque sorte, la corruption affirmée de nouveau en tous dès la naissance, et sans même qu'il y ait eu cette fois la faute d'Adam et Ève !... Comment s'expliquer une conception aussi désespérée, présentée comme une constatation sans réplique?

Nous voyons bien, certes, quelles expériences ont marqué Tarrou, plus torturantes encore que l'épreuve dernière du Père jésuite. Il a découvert un jour que son père, « honnête homme », était responsable comme avocat général du « plus abject des assassinats », la peine de mort, et qu'il s'en faisait gloire. A cette révélation, il a tout quitté, et il s'est donné à la lutte politique pour ainsi dire dans tous les pays d'Europe (p. 248)... Mais il a constaté, partout, la même tentation quasi

---

1. « *Que votre volonté soit faite* », c'est la formule d'acceptation chrétienne par excellence, celle du Christ au Jardin des Oliviers, celle de la Vierge à l'Annonciation, celle du « *Notre père* ».

irrésistible de recourir aux moyens définitifs pour la défense ou le triomphe des causes relatives, le même consentement général à l'assassinat. Voilà pourquoi, ayant appris que nous sommes tous dans la peste, il a décidé de lui échapper pour sa part autant qu'il lui était possible, et de se mettre « du côté des victimes, en toute occasion, pour limiter les dégâts » (p. 252). Sa morale, désormais, c'est *la compréhension*, dit-il, la *sympathie* au sens étymologique et complet du mot. Cela seul peut lui « faire espérer la paix, dit-il, ou une bonne mort à son défaut » (p. 251).

Mais comment Tarrou peut-il conserver devant Rieux, Grand ou Castel, cette suffisance dont il nourrit ce qu'il faut bien appeler un sectarisme à rebours ? Habile à faire surgir en chacun ce qu'il a de meilleur, - c'est lui qui recrute le plus efficacement les volontaires pour les équipes de lutte contre l'épidémie, - au nom de quoi affirme-t-il que « le microbe », en nous, est *premier* [1] ? Pourquoi pas le vouloir vivre ? le vouloir être heureux, le besoin d'amour et de sympathie ? Sa mise en garde contre nos tendances au mal serait beaucoup plus persuasive s'il ne les isolait pas arbitrairement parmi les autres, s'il tenait compte de tout le réel.

« Croyez-vous tout connaître de la vie ? lui demande Rieux. - Oui, répond Tarrou, de sa voix tranquille » (p. 132). Rieux s'abstient de tout commentaire mais sans doute s'étonne-t-il moins, ensuite, des fameuses formules que Camus a prêtées à son ami :

> « En somme, dit Tarrou avec simplicité, ce qui m'intéresse, c'est de savoir comment on devient un saint. - Mais vous ne croyez pas en Dieu. - Justement. Peut-on être un saint sans Dieu, c'est le seul problème concret que je connaisse aujourd'hui » (p. 253).

Tarrou, en fait, demeure un mystique. La croyance au péché originel appelle presque invinciblement l'espérance d'un rédempteur... Tarrou refuse Dieu parce que Dieu demeure pour lui ce « grand massacreur » dont parle Maupassant [2], l'avocat général inlassable qui condamne et exécute lui-même toutes ses créatures ; mais Tarrou aspire toujours

---

1. « Ce qui est *naturel*, c'est le microbe » (p. 251). En somme, d'après lui, nous ferions le mal par nature et le bien seulement par volonté, contre notre nature.
2. « Dieu, Monsieur, c'est un massacreur. Il lui faut tous les jours des morts (...) Et s'il se paye des guerres de temps en temps, pour voir deux cent mille soldats par terre, écrasés dans le sang et la boue, crevés, les bras et les jambes arrachés, les têtes cassées par des boulets comme des œufs qui tombent sur une route » (Guy de Maupassant, *Moiron*).

à la grâce parce que, seul, un pouvoir surnaturel peut nous arracher à la corruption si celle-ci est dans notre nature même.

« *Pour faire d'un homme un saint il faut bien que ce soit la grâce*, dit Pascal, *et qui en doute ne sait ce que c'est que saint et qu'homme* [1] ». Tarrou en doute si peu en effet que, refusant Dieu, il incline quand même à chercher une sorte d'appui dans l'au-delà, chez l'archange de la révolte lui-même. Il écrit textuellement : « Peut-être ne peut-on aboutir qu'à ces approximations de sainteté. Dans ce cas, il faudrait se contenter d'un satanisme modeste et charitable » (p. 275). Satanisme ? Qu'est-ce à dire ?

« Mon affaire n'est pas le raisonnement, reconnaît Tarrou... Mon affaire c'est le trou dans la poitrine », l'opposition à toute condamnation à mort, qu'elle vienne de Dieu ou des hommes. Or Satan, lui du moins, ne tue pas. Luttant contre la création, il a proposé aux hommes la *connaissance*, qui seule pouvait les délivrer un peu. Le Prince du Mal devient celui du Moindre Mal en quelque sorte, le premier des « objecteurs de conscience » ! Si l'on a donc comme Tarrou, avec une attirance certaine pour l'étrange, l'orgueil désolé de ceux qui ont dû trop souvent dire non aux folies des autres, il peut apparaître tentant en effet de prendre Lucifer pour modèle, afin d'aboutir sous son patronage « *à des approximations de sainteté* »... Mais il est douteux qu'on puisse trouver dans ces jeux de l'esprit la véritable paix intérieure. Tarrou ne pourra pas être sauvé [2].

• *Notre royaume est de ce monde*

Quelle que soit son affection pour son ami, Rieux refuse, bien entendu, de le suivre sur un pareil terrain. Modestement, comme d'habitude, il répond à son compagnon, sans le critiquer, en réaffirmant simplement ses propres choix présentés comme de simples préférences de caractère - ce qu'elles sont d'ailleurs pour une très grande part.

« Je me sens plus de solidarité avec les vaincus qu'avec les saints, dit-il. Je n'ai pas de goût, je crois, pour l'héroïsme et la sainteté. Ce qui m'intéresse, c'est d'être un homme » (p. 253).

Attitude plus ambitieuse encore, plus difficile, dit

1. *Pensées*, éd. Brunschvicg, VII, 508. 2. Voir plus loin, p. 48-51.

Tarrou avec raison. Rieux ne cherche aucune explication toute faite, aucun recours. Point n'est besoin pour lui d'étudier ses options métaphysiques ; il n'en a pas. Son attitude générale devant l'existence demeure exactement celle que nous avons décrite devant l'épidémie à propos de ses discussions avec Rambert, c'est-à-dire de pragmatisme lucide, de courage et de mesure... Rieux ne penserait même pas tout à fait, sans doute, que la peste soit un symbole véritablement fidèle de la condition humaine : la durée moyenne de la vie est une donnée de fait très importante pour un jugement correct sur notre destinée, et les décisions à prendre diffèrent souvent beaucoup suivant l'évaluation probable du temps qui nous reste à vivre. La peste fausse tout, aggrave tout, et c'est une raison supplémentaire de lutter contre elle. - Elle ne fournit aucune donnée, en tout cas, qui permette davantage que la vie elle-même d'admettre une innocence ou une perversité originelle... La réalité est tellement plus complexe ! Le docteur Rieux, par manque d'ouverture ou de grandeur d'esprit penseront certains, par modestie et probité admirables dirai-je plutôt, demeure obstinément attaché à la terre, à l'humble combat de tous les jours, à la conquête des joies possibles.

Il sait qu'il n'y a jamais de victoires définitives, que le mal existe en l'homme et en dehors de l'homme ; mais s'il a écrit sa chronique, ce n'est pas seulement pour laisser un souvenir de l'injustice et de la violence qui peuvent nous être faites, c'est aussi « pour dire simplement ce qu'on apprend au milieu des fléaux, qu'il y a dans les hommes plus de choses à admirer que de choses à mépriser » (p. 308).

Ce monde n'a pas de sens supérieur, mais « hors de lui il n'y a pas de salut », disent ensemble Rieux et Camus, parodiant la célèbre formule chrétienne [1]. Le bonheur est toujours la plus grande des conquêtes, celle qu'on fait contre le destin imposé. *Or qu'est-ce que le bonheur, sinon le simple accord entre un être et l'existence qu'il mène ?* Il faut être fou, aveugle ou lâche pour se résigner à la peste ou à la guerre ; il faut faire avec simplicité son métier d'homme, c'est-à-dire ce qu'il faut pour être heureux. Tout notre royaume est de ce monde [2].

---

1. « *Hors de l'Église point de salut* ».
2. Ces formules de Camus sont empruntées à *La peste* (p. 128, 129, 253, etc.), *Lettres à un ami allemand* (p. 78 et 80), *Noces* (p. 94 et 98), *L'envers et l'endroit* (p. 66). La dernière phrase s'oppose volontairement à l'enseignement du Christ : *Mon royaume n'est pas de ce monde.*

4 | L'art de Camus dans « La peste »

LE BUT

« De toutes les écoles de la patience et de la lucidité, la création (artistique) est la plus efficace. Elle est aussi le bouleversant témoignage de la seule dignité de l'homme : la révolte tenace contre sa condition, la persévérance dans un effort tenu pour stérile. Elle demande un effort quotidien, la maîtrise de soi, l'appréciation exacte des limites du vrai, la mesure et la force. Elle constitue une ascèse ».

Cette admirable profession de foi du *Mythe de Sisyphe*, comment ne pas la rappeler d'abord, chaque fois que l'on veut parler de l'art de Camus ? Elle affirme, exactement comme il le faut, ce qu'il a voulu et pourquoi il l'a voulu. L'art, pour lui comme pour Malraux, est d'abord une lutte de l'homme contre son destin.

Or c'est cette lutte, précisément, qui est le sujet de *La peste*. L'œuvre particulière, ici, veut être une œuvre générale et procède de la même prise de conscience, de la même révolte, que la conception de l'art. On comprend dès lors avec quelle exigence Camus la porte en lui pendant presque huit ans, - et son angoisse, souvent, lorsque le travail se révèle plus difficile, d'avoir conçu une ambition folle, contradictoire, plus absurde encore que toute autre activité absurde dans ce monde absurde. Lui sera-t-il possible de dépasser *L'étranger*, ce « point zéro [1] » écrit-il, de faire que *La peste* soit véritablement « *un progrès, non du zéro vers l'infini, mais vers une complexité plus profonde qui reste à définir [2]*...? Et parviendra-t-il en même temps à ce que l'œuvre nouvelle,

1 et 2. *Carnets*, II, p. 31.

positive, significative, créée par l'homme et pour l'homme, soit irréfutable comme la nature, existant avec la même force calme qu'un bois de pins devant la mer ? Comment espérer cette victoire, à quel prix ?

LES DOUTES

Certaines pages des *Carnets* sont des cris de détresse d'autant plus poignants peut-être que Camus les éloigne de lui en quelque sorte au moment où il les prononce, en feignant par des guillemets de les attribuer à un autre, comme s'il s'agissait encore une fois d'un passage de roman :

« *Quelquefois, après toutes ces journées où la volonté seule commandait, où s'édifiait heure par heure ce travail qui n'admettait ni distraction ni faiblesse, qui voulait ignorer le sentiment et le monde, ah! quel abandon me prenait, avec quel soulagement je me jetais au cœur de cette détresse qui, pendant tous ces jours, m'avait accompagné. Quel souhait, quelle tentation de n'être plus rien qu'il faille construire et d'abandonner cette œuvre et ce visage si difficile qu'il me fallait modeler. J'aimais, je regrettais, je désirais, j'étais un homme enfin...*

...Le ciel désert de l'été, la mer que j'ai tant aimée, et ces lèvres tendues [1]. »

Jusqu'à la fin, ces doutes le hanteront, - que ce soit pendant ce triste hiver 1942-1943 lorsqu'il travaille solitaire, soignant sa tuberculose en Auvergne, et que le débarquement allié d'Afrique du Nord, l'invasion de la « zone libre » par les troupes allemandes le coupent brutalement de sa femme, de sa mère, de son pays, - ou beaucoup plus tard, en 1946, lorsqu'il ne sait absolument plus, comme tant d'écrivains, si ce qu'il compose avec tant de soin mérite la moindre audience :

« Peste ». *De toute ma vie, jamais un tel sentiment d'échec. Je ne suis même pas sûr d'arriver au bout. A certaines heures, pourtant* [2]...

Il continue, malgré la maladie, les découragements, les grandes tâches de la Résistance et de la Libération, malgré les responsabilités, clandestines ou officielles, de *Combat*.

1. *Carnets*, II, p. 49.
2. *Carnets*, II, p. 174.

Ne retrouve-t-il pas constamment et partout, en ces années, la matière même de son livre : la séparation, l'exil, la mort, les victimes et les bourreaux, tous les problèmes de l'action, de la justice et du bonheur ?... Camus, pour se convaincre de la possibilité d'aboutir et pour se fortifier de leur exemple, lit et relit les grands modèles qu'il s'est donnés pour sa nouvelle œuvre : Tolstoï, Melville, Daniel de Foe, Cervantès, Stendhal, Madame de Lafayette.

LES GRANDS MODÈLES

Il vise la grandeur épique que Melville a su donner, dans *Moby Dick*, à l'histoire du capitaine Achab lancé de la mer australe au septentrion à la poursuite de la baleine blanche, « *un des mythes, les plus bouleversants qu'on ait imaginés, sur le combat de l'homme contre le mal, dit-il..., où la créature est accablée, mais où la vie, à toutes les pages, est exaltée, source inépuisable de force et de pitié. On y trouve la révolte et le consentement, l'amour indomptable et sans terme, la passion de la beauté, le langage le plus haut, le génie enfin* [1] ».

Voilà ce qu'il faudrait atteindre. Camus a noté pour lui et pour nous les plus fortes « des pages évidemment symboliques du livre [2] »... Mais, devant écrire *La peste*, où l'aventure proprement dite et même ce qu'on appelle ordinairement l'action sont si cruellement absentes, c'est de l'art classique français que Camus estime avoir besoin d'abord, celui qui donne leur grandeur et leur air de parenté à des esprits aussi différents que Stendhal et Madame de Lafayette : « *Une sorte de monotonie passionnée, à la fois créatrice et mécanique... l'obstination ajustée au ton qui lui convient, la constance d'âme qui s'y attache, la science littéraire et humaine du sacrifice... un art concerté qui doit tout à l'intelligence et à son effort de domination... On n'a pas de peine à deviner les souvenirs brûlants qui se pressent sous ces phrases désintéressées. Cette objectivité est une victoire... Il n'y a pas de grandeur sans un peu d'entêtement, - sans une « fidélité quotidienne* [3] ».

1. Présentation d'Hermann Melville (Pléiade, I, p. 1910).
2. P. 120, 121, 123, 139, 173, 177, 191, 193, 203, 209, 241, 310, 313, 339, 373, 415, 421, 452, 457, 460, 472, 485, 499, 503, 517, 520, 522 (dans la traduction française, Gallimard).
3. *L'intelligence et l'échafaud*, étude parue dans la revue *Confluences* en 1943, donc à une période pendant laquelle Camus, les *Carnets* en témoignent, pensait chaque jour à *La peste*.

« LA STYLISATION INVISIBLE, C'EST-A-DIRE INCARNÉE »

Mais déjà nous avons deviné, sous ces phrases, la figure vraiment étonnante du docteur Rieux. On pourrait presque dire que le personnage est né des exigences littéraires de Camus, autant que de son rôle pendant l'épidémie... Dès lors que Camus s'était résolu à écrire une chronique pour les raisons impérieuses que nous avons vues (p. 16), dès lors qu'il se donnait à juste titre pour modèle l'humble grandeur classique, faite de souffrance dominée, de rigueur volontaire, de mesure, c'était bien « l'honnêteté » profonde de Rieux [1], sa fidélité au quotidien, qui devaient se manifester constamment, dans l'écriture même, pour imposer sa *couleur* au livre. Elles seules permettraient de garder, avec la diversité nécessaire, l'harmonie. « *Toute unité qui n'est pas de style est une mutilation*, dira Camus. *La stylisation suppose en même temps le réel et l'esprit qui donne au réel sa forme. Le grand style est la stylisation invisible c'est-à-dire incarnée* [2] »... Rieux, à tous les points de vue, devenait non pas le héros mais *l'homme* [3] du livre, l'incarnation non plus seulement d'une idée parmi d'autres face à l'absurde, mais de la lutte réelle de tous.

LA PREMIÈRE VERSION DE L'ŒUVRE

Car cette nécessité littéraire correspondait à la nécessité philosophique. L'analyse de la première version de *La peste* [4] nous le confirme sans aucun doute possible, l'œuvre jusquelà ne pouvait pas quitter « le point zéro » puisqu'elle affirmait encore, comme *L'étranger*, « *la nudité de l'homme en face de l'absurde* », - « *l'équivalence profonde des points de vue individuels en face du même absurde* [5] ». Tarrou, Rieux, Cottard (qui ne tentait pas de se suicider), Gonzalès, le sportif désœuvré qui « met des buts » dans les bouches d'égout, le petit vieux qui crache sur les chats, le vieil Espagnol asthmatique qui

1. *La peste*, p. 164.
2. *L'homme révolté*, p. 334 & 335.
3. *La peste*, p. 253.
4. Voir l'étude de Roger Quilliot dans le volume de la Pléiade : Camus, *Théâtre, Récits, Nouvelles*, p. 1935.
5. *Carnets*, t. II, p. 36.

passe sa vie à transvaser des pois d'une marmite dans une autre, Othon le juge, Stéphan le professeur qui ne trouve rien d'autre à faire contre la peste que d'écrire, ayant un peu mieux compris Thucydide [1], un nouveau commentaire sur *La guerre du Péloponnèse*, ou ce philosophe encore qui médite une *Anthologie des actions insignifiantes* [2], - tous sont pratiquement sur le même plan dans le premier manuscrit... Rambert et Grand n'ont pas encore été imaginés, ni la femme de Rieux. Les notes du médecin, les carnets de Tarrou, le journal de Stéphan sont simplement juxtaposés, c'est normal puisque les points de vue individuels sont équivalents. Seul, Paneloux est peut-être déjà entièrement lui-même, mais il perd la foi après la mort de l'enfant. Lui aussi rentre dans l'absurde en quelque sorte. La peste égalise tout sur le seul plan terrible de la souffrance, de la séparation, de l'exil. Camus, un moment, songe à appeler son œuvre *Les prisonniers*.

LA VERSION DÉFINITIVE

« *Il y a des conduites qui valent mieux que d'autres. Je cherche le raisonnement qui permettra de les justifier* [3]... » Mais ce raisonnement en fait, Camus s'en aperçoit, est déjà inclus dans la constatation qui précède. La seule justification possible c'est l'expérience, c'est elle qui prouve. Il n'est pas conforme à notre nature d'accepter l'occupation et le mal, nous devons agir contre eux, cette conduite-là est « *préférable* [4] ». Lentement, au cours des années 1943 et 1944, la certitude s'impose à Camus que l'irrépressible besoin de bonheur et de justice qui est au cœur de l'homme commande bien une attitude morale, pas seulement une ascèse. Rieux, peu à peu, l'emporte sur Tarrou [5].

C'est Tarrou désormais dans le livre qui va assumer l'absurde; il essaie de fonder sur lui la plus haute grandeur humaine possible, et il en meurt... Le personnage n'est pas

1. Voir plus haut, p. 20.
2. Camus écrira lui-même une *Préface pour une anthologie de l'insignifiance*, c'est l'un des textes les plus caractéristiques de son humour (Pléiade, I, p. 1902), mais il ne lui donnera pas de place dans *La peste*. Les carnets de Tarrou lui paraissent sur ce point amplement suffisants.
3. Interview de Camus par Gaétan Picon (*Le littéraire*, 10-8-46).
4. *Carnets*, p. 109.
5. « *Le plus proche de moi, ce n'est pas Tarrou le saint, c'est Rieux le médecin* », déclaration de Camus à Claudine Chonez (*Une semaine dans le monde*, juin 1947).

affaibli certes, il garde sa haute stature, sa force, son talent volontaire de « sym-pathie », sa capacité de faire surgir le meilleur chez tous ; – il est l'ami de Rieux. Mais nous sommes avertis tout de suite, et par Rieux lui-même, qu'on trouvera dans les carnets de Tarrou de singuliers « écarts de langage ou de pensée », des notes dont il est difficile « d'apprécier la signification et le sérieux » (p. 32). Nous ne serons pas étonnés d'apprendre plus tard que son père savait absolument par cœur le grand indicateur des chemins de fer et qu'il en avait fait son livre de chevet ; Tarrou lui-même écrit parfois, d'une écriture étrange, des phrases comme celle-ci :

« *Question : comment faire pour ne pas perdre son temps ? Réponse : l'éprouver dans toute sa longueur. Moyens : passer des journées dans l'antichambre d'un dentiste, sur une chaise inconfortable ; vivre à son balcon le dimanche après-midi ; écouter des conférences dans une langue qu'on ne comprend pas, choisir les itinéraires de chemin de fer les plus longs et les moins commodes et voyager debout naturellement ; faire la queue aux guichets des spectacles et ne pas prendre sa place*, etc. » (p. 32).

C'est Tarrou spécialement, dans la version définitive, qui s'intéresse au petit vieux qui crache sur les chats ainsi qu'à la « *vocation* » toute particulière de compter des pois, manifestée très jeune par le mercier asthmatique. Les questions que Tarrou se pose très sérieusement sur la « *sainteté* » éventuelle de ces deux personnages nous en disent long sur l'idéal désespéré qui est le sien. Si le petit vieux ne vient plus cracher sur les chats parce qu'il a été vexé de leur disparition, c'est qu'il tenait encore à quelque chose, que son indifférence n'était pas complète ! Il n'a donc pas atteint la perfection [1]. La perfection en effet, pour Tarrou, c'est d'arriver à vivre le plus parfaitement possible sans consentir à se bercer jamais du moindre espoir, puisque la présence de l'homme conscient dans l'univers ne peut pas cesser d'être absurde et que chacun porte la peste en soi... Alors qu'en réalité « *il n'aime que la passion* [2] », il parvient à obtenir de lui de rester constamment mesuré, de bonne humeur, sans mépris ni dédain pour quiconque, – sauf les juges !... Au nom de quoi juger ? et comment ? puisque nous ne pouvons pas sonder les reins et les cœurs et que le microbe se cache partout.

1. Camus s'était donné à lui-même ce conseil dans ses *Carnets* (I, p. 84) : « Ne pas confondre *idiotie* et *sainteté.* »
2. Camus le note dans ses *Carnets* et le marque dans le livre par ce détail que Tarrou aime à fréquenter les danseurs espagnols.

« *Secret de mon univers*, avaient d'abord écrit Camus et Tarrou en 1942 : *imaginer Dieu sans l'immortalité humaine* [1] », *donc sans châtiment ni récompense*, - « sans lendemain » disent les *Carnets*. Quelques jours plus tard ils corrigent et précisent : « *Un héroïsme sans Dieu... une sorte de marche difficile vers une sainteté de la négation,... l'homme pur enfin. Toutes les vertus humaines, y compris la solitude à l'égard de Dieu* [2]. »

LES PERSONNAGES QUI MEURENT
OU QUI SOMBRENT :
TARROU, COTTARD, PANELOUX

Tarrou continuera jusqu'à la mort de s'efforcer vers cette perfection sans récompense, demeurant persuadé qu'il a tout éprouvé et tout compris [3]. Mais il devra reconnaître, dans la version définitive, que la volonté chez Rieux d'être simplement un homme est plus ambitieuse que son idéal de sainteté. Rieux pense qu'il plaisante. Non. Le visage de Tarrou est « triste et sérieux » comme s'il ressentait confusément - trop tard - qu'il a mal choisi (p. 253)... C'est lui qui convainc Rambert de s'engager dans les équipes de volontaires, mais c'est à Rieux, non à Tarrou, que Rambert vient annoncer sa décision : « Je sais, dit Tarrou, il est plus humain que moi » (p. 206). Camus va même nous suggérer que si Tarrou s'intéresse tellement à Cottard, c'est peut-être parce que, comme lui, il n'a pu trouver que dans la peste une sorte de solution à son problème, solution impossible dans la vie normale.

Cottard, recherché par la police et se croyant suspect à tous, commence à respirer dès que le malheur s'abat sur la ville ; on ne s'occupe plus de lui. Il s'enrichit de la souffrance des autres en « kollaborant [4] » pratiquement avec le fléau. Au contraire, dès que la peste décroît, il redevient nerveux

1. *Carnets*, II, p. 21 de ses *Carnets*, p. 31, 113, etc.
2. *Carnets*, I, p. 31.
3. P. 132 et 251 de *La peste*, préparées par cette note des *Carnets* : « *Lorsqu'un homme a appris - et non pas sur le papier - à rester seul dans l'intimité de sa souffrance, à surmonter son désir de fuir l'illusion que d'autres peuvent « partager », il lui reste peu de choses à apprendre.* »
4. Sous l'occupation les journaux clandestins stigmatisaient avec un k germanique les collaborateurs de l'occupant nazi.

et il perdra même complètement la tête lorsqu'on rouvrira la ville... Mais l'attitude de Tarrou, elle aussi, devient plus « bizarre » à partir du moment où les statistiques de décès commencent à baisser (même indication, pour Tarrou p. 274, p. 276 pour Cottard). Pour la première fois, note Rieux, « ces carnets manquent à l'objectivité et font place à des considérations personnelles » (p. 274). Tarrou a peur lui aussi, instinctivement, du retour à la normale ! Pendant la peste l'héroïsme, la pureté totale, la sainteté sans Dieu, c'était simple, en somme, il suffisait de soigner en risquant sa vie ; l'action efficace pouvait s'accorder presque entièrement [1] avec la volonté absolue de ne jamais participer à la violence en quoi que ce soit... Mais comment conserver cette innocence, après ?

« *Nous n'avons jamais été si libres que sous l'occupation allemande* » a osé écrire Sartre en 1944 dans le premier numéro non clandestin des *Lettres françaises*. Il n'y avait pas besoin alors de faire des actes aberrants pour se prouver l'irréelle liberté existentialiste : celle-ci pouvait coexister avec une éthique. Tarrou devine, de même, qu'il ne pourra jamais approcher davantage que pendant la peste de la sainteté telle qu'il la conçoit ; de nouveau il va lui falloir, ou bien réintégrer les luttes historiques et être complice des crimes révolutionnaires, ou bien se retirer totalement, c'est-à-dire être complice encore, des crimes de l'ordre établi cette fois !... Il n'y a pas de solution pour lui, et Camus le fait mourir, comme il fait mourir Paneloux, comme il fait mourir Cottard à la raison, par une sorte de nécessité interne. Les personnages qui ont des idées toutes faites ne peuvent pas affronter la véritable complexité humaine.

L'admirable est que Camus ait réussi à nous rendre sensible cette critique non pas en schématisant les caractères, mais en les humanisant. Cottard nous inspire davantage de pitié que de mépris, alors même que Rieux affirme ne pas pouvoir le comprendre, être obligé de lui pardonner (p. 303). Paneloux est beaucoup plus proche de nous, à notre avis, plus représentatif de la grandeur chrétienne, précisément

---

1. Nous avons vu que ce n'était pas tout à fait exact. Tarrou est bien obligé d'accepter qu'on tue aux portes pour empêcher les évasions, et Camus nous le rappelle volontairement dans la scène même où il vient d'évoquer son idéal de sainteté (p. 252).

parce qu'il garde sa foi; Camus lui a donné quelques-uns des plus beaux traits de son ami le journaliste René Leynaud, exécuté par les nazis le 13 juin 1944... Et les scènes finales de Tarrou sont extrêmement belles : celle du bain d'abord, par laquelle Rieux et Tarrou scellent leur amitié dans le silence, remplis tous deux d'un étrange bonheur qu'ils n'espéraient plus, nageant du même rythme la tête contre les profondeurs ou se reposant face au ciel renversé plein de lune et d'étoiles (p. 255); celles de Tarrou et de la mère de Rieux ensuite, la certitude que Tarrou lit dans ses yeux que c'est elle sans doute, par sa bonté, qui est parvenue au plus proche de la paix intérieure (p. 119, 275, 288); sa mort enfin, veillée par l'amour maternel et l'amitié, et significativement plus proche de l'homme que du saint ou du héros, le sourire qu'il se force à offrir malgré ses douleurs à ceux qui ne peuvent plus rien pour lui que lui garder leur présence, jusqu'à ce qu'enfin les brûlures du mal le terrassent, l'arrachent aux larmes de Rieux aveuglé par l'impuissance, le renvoient seul au néant, au « sans lendemain »...

De tels passages sont devenus à juste titre les plus célèbres de l'œuvre, avec celui de la mort de l'enfant. Choisissant Rieux et l'action de l'homme, Camus s'est écarté de Tarrou, du « héros absurde » et du « saint sans Dieu », mais il ne les a jamais portés plus haut qu'en nous invitant à ne plus les suivre.

Cette forme humaine percée de coups d'épieu, brûlée par un mal surhumain, tordue par tous les vents haineux du ciel, et s'immergeant à nos yeux dans les eaux de la peste sans que nous puissions rien contre ce naufrage (v. p. 288), accuse plus que jamais l'inexistence de Dieu et l'absurdité du monde, mais elle révèle aussi la nécessité, pour les hommes, de l'espoir, dans ce qu'ils peuvent faire, de la volonté acharnée de bonheur :

« Qu'il devait être dur, commentera Rieux, de vivre seulement avec ce qu'on sait et ce dont on se souvient, et privé de ce qu'on espère. C'était ainsi sans doute qu'avait vécu Tarrou et il était conscient de ce qu'il y a de stérile dans une vie sans illusion... Pour tous ceux qui s'étaient adressés par-dessus l'homme à quelque chose qu'ils n'imaginaient même pas, il n'y avait pas eu de réponse. Tarrou avait semblé rejoindre cette paix difficile dont il avait parlé, mais il ne l'avait trouvée que dans la mort, à l'heure où elle ne pouvait lui servir de rien... Et Rieux pensait qu'il n'est pas important que les choses aient un sens ou non, mais qu'il faut voir seulement ce qui est répondu à l'espoir des hommes » (p. 291, 299, 300).

« L'espoir des hommes » ! Camus, peu après 1947, deviendra le directeur à la NRF d'une nouvelle collection de romans en tête de laquelle il est nettement affirmé que « *la tragédie n'est pas une solution ni le désespoir une raison* ». Cette collection porte un titre qui constitue, en même temps qu'un hommage à Malraux, l'une des conclusions mêmes de *La peste* : *Espoir*.

LES PERSONNAGES QUI VIVENT

• *Grand*

En même temps qu'il fait de Rieux le seul narrateur de *La peste*, Camus crée deux personnages nouveaux : Grand et Rambert.

Grand appartient encore, pourrait-on croire initialement, à la série des personnages curieux et maniaques, à la limite du ridicule. Lui aussi il vise une perfection, celle du mot juste, de la parfaite propriété des expressions et des phrases ; lui aussi il est guetté par le vertige du néant, celui de la page blanche, cette impuissance que connaissent tant d'écrivains (et tant d'élèves) devant les premiers termes à écrire, jamais assez exacts, jamais assez dignes de l'idée ou du sentiment à exprimer pour qu'on accepte de commencer par eux une page ou une œuvre qui ne peuvent avoir d'intérêt, semble-t-il, que si elles ont la puissance de l'inaltérable, du définitif... Mais Grand, comme Camus, continue. Il devine que la perfection absolue ne serait en fait que la stérilité, et qu'il doit viser par conséquent une perfection humaine, c'est-à-dire relative, l'accord avec le réel et avec les sentiments, l'harmonie des mots et du cœur.

Constamment lucide, Grand a la sagesse de se donner à cette recherche uniquement pendant ses moments libres, et il prend sa part de la lutte contre la peste, à sa place, dans l'action qu'il estime nécessaire. Il a compris ce qui échappe à tant d'hommes, combien l'attention est nécessaire à l'amour, il n'en veut pas à sa compagne qui est partie parce qu' « il ne l'avait pas assez soutenue dans l'idée qu'elle était aimée » (p. 86), et il arrivera finalement à lui écrire ce qu'il veut, pour qu'elle puisse être plus facilement heureuse si elle peut l'être, sans regret. Il parviendra même à être satisfait de la fameuse première phrase de son roman ; il en a supprimé tous les adjectifs, et il se fait à lui-même avec un sourire modeste et malin le compliment qu'il avait tant espéré d'un éditeur éventuel : « Chapeau bas » (p. 306)... Aussi Camus le sauve-t-il de la mort, d'extrême justesse il est vrai, comme il sauve tous les personnages positifs de l'œuvre ; et Rieux pour sa part nous indique sans hésiter, puisque les hommes tiennent absolument, semble-t-il, à se proposer des exemples et des modèles qu'ils appellent *héros*, que s'il faut en choisir un dans cette histoire, il leur propose Grand de préférence à tout autre ; - ce qui donnera d'ailleurs à l'héroïsme, ajoute-t-il, « la place secondaire qui doit être la sienne, juste après, et jamais avant, l'exigence généreuse du bonheur » (p. 140).

● *Castel et Rambert*

« *L'exigence généreuse du bonheur* », c'est Rambert qui l'incarne dans la chronique, et c'est Castel.

Seuls de tous les amants séparés, Castel et sa femme ont osé affronter directement la peste. Mariés depuis des années et alors même qu'ils n'étaient pas certains d'être totalement satisfaits de leur union, ils ont compris pourtant qu'ils ne pourraient pas vraiment vivre, éloignés l'un de l'autre, et qu'à côté de cela, les risques mêmes de l'épidémie étaient peu de chose ! Madame Castel, en plein accord avec son mari demeuré à son poste, est revenue à Oran pendant les quelques jours où on le pouvait encore, - et tous deux « gagnent la partie » de leur amour, comme l'obstination de Castel, dans ses recherches de laboratoire, lui fait « gagner la partie » de la peste (p. 74, 268, 283 et 291). Victoire inattendue du rationalisme dans l'œuvre de Camus, c'est le savant Castel qui l'emporte dans notre livre, sur tous les plans.

Rambert, lui, n'a pas osé, n'a même pas envisagé pour son amour cette solution de l'audace, apparemment déraisonnable, mais moins risquée en fait que les expédients légaux ou illégaux à quoi il se résout. Il comprend lentement, comme la plupart d'entre nous. Pendant des semaines, il s'attarde à des démarches vaines, épuisantes; il le perd, ce temps qu'il a si peur de perdre, et qui est toujours perdu s'il n'est pas vécu dans le bonheur ou dans la lutte contre le mal pour les bonheurs à conquérir... Mais Camus et Rieux lui savent gré de s'acharner à ce qui doit rester le principe premier des hommes, la volonté d'être heureux sur cette terre, la conquête de la joie et de l'amour. Rambert va se résoudre finalement à demeurer dans la ville mais pour une raison de *bonheur moral* en quelque sorte, les deux notions étant devenues inséparables : « S'il partait, il aurait honte. Cela le gênerait pour aimer celle qu'il avait laissée » (p. 208).

Tout en servant dans les équipes sanitaires il trouve le temps et les moyens d'établir une correspondance vraie avec celle qu'il aime; il reçoit et il reste capable d'écrire, dans la peste, des lettres d'amour, alors que Rieux lui-même ne le peut plus. La sourde destruction de l'absence, le travail acharné, l'épuisement, le recours aux seules formules des télégrammes ont comme sclérosé les facultés du médecin pour la tendresse. Il écrit clandestinement à sa femme lui aussi (grâce à Rambert), mais il ne parvient plus à exprimer l'ancienne ferveur. Tombe peu à peu sur Rieux sans qu'il y prenne garde, en dépit de sa bonté qui demeure la même, du dévouement et de la compréhension qu'il prodigue à tous, cette sorte d'indifférence terrible que Camus connaissait bien [1], ce « tout est égal » même pas désespéré contre lequel il n'est pas d'autre recours en effet que l'obstination à continuer dans la voie choisie à juste titre : celle de la probité et de l'attention à autrui. Rieux, une nouvelle fois, « *fait ce qu'il faut* » en décidant de rédiger la chronique de la peste. Lui qui a perdu sa femme et son ami, qui va perdre Rambert, que son métier même va comme abandonner en quelque sorte

---

[1]. « *Cette profonde indifférence qui est en moi comme une infirmité de nature* » (préface de *L'envers et l'endroit*).

dans le repos, il a besoin psychologiquement de cette tâche nouvelle; c'est ainsi seulement qu'il se rendra prêt à réaccueillir un jour, peut-être, ce qu'il faut toujours désirer : la tendresse humaine (p. 300).

LA JUSTESSE DE L'OBSERVATION

Tels sont les personnages du livre. Bien sûr il peut sembler puéril qu'ils se divisent ainsi en personnages négatifs, qui tombent, et positifs, qui sont sauvés. Le destin n'est pas si absurde que cela, pourrait-on dire. Aidé par l'auteur, il choisit bien. Il faut même ajouter que les personnages négatifs sont des personnages sans femme, Tarrou, Paneloux, Cottard, tandis que Grand, Castel, Rambert, Rieux connaissent encore l'amour, même Grand dont le cœur demeure tout illuminé du souvenir de Jeanne... En fait le réalisme du livre est si puissant que la plupart des lecteurs, j'en suis sûr, ne s'aperçoivent même pas de cette division, bien loin de la trouver arbitraire. Camus, comme tout le monde, détestait les romans à thèse, et comme chaque auteur, il en écrivait ! Que valent les œuvres sans idées, étrangères aux problèmes vécus de leur créateur ?

Les notations de Camus sont la plupart du temps si justes, si émouvantes dans leur simplicité, que les personnages y prennent aussitôt une vérité impossible à mettre en doute, même si nous nous apercevons après coup que c'est l'auteur qui règle leur existence. Nous pouvons choisir entre eux pratiquement selon nous-même, les uns préfèrent Tarrou, les autres Rieux ou Castel, les autres même, assez nombreux, la simplicité pathétique de Grand, l'entêtement de Rambert.

Écoutons le narrateur évoquer pour nous la fatigue énorme de la peste par la seule peinture d'un visage :

« Rieux communiquait à son vieil ami (Castel) les dernières statistiques, quand il s'aperçut que son interlocuteur s'était endormi profondément au creux de son fauteuil. Et devant ce visage où, d'habitude, un air de douceur et d'ironie mettait une perpétuelle jeunesse et qui, soudain abandonné, un filet de salive rejoignant les lèvres entrouvertes, laissait voir son usure et sa vieillesse, Rieux sentit sa gorge se serrer » (p. 191-192).

Presque à chaque page il y a des traits de cette sorte, même pour les personnages les plus épisodiques, la vieille femme espagnole, par exemple, chez qui loge Rambert, et qui sourit toujours de tous ses yeux quand elle le regarde, lui demandant chaque soir où il en est dans ses tentatives pour rejoindre celle qu'il aime :

« Elle est gentille ? disait la vieille en souriant.

- Très gentille.

- Jolie ?

- Je crois.

- Ah ! disait-elle, c'est pour cela. »

Rambert réfléchissait. C'était sans doute pour cela, mais il était impossible que ce fût seulement pour cela.

« Vous ne croyez pas au Bon Dieu ? » disait la vieille qui allait à la messe tous les matins.

Rambert reconnut que non et la vieille dit encore que c'était pour cela.

« Il faut la rejoindre, vous avez raison. Sinon, qu'est-ce qui vous resterait ? » (p. 204).

LE RÉEL ET LE MYTHE

Chacun relira ici, dans l'œuvre, les passages presque muets qu'il est impossible d'oublier : la séparation de Rieux et de sa femme (p. 16-17), l'évocation de la mère de Rieux (p. 119, 275, 287-288), la douleur des époux Othon (p. 210-211), et surtout, peut-être, la détresse poignante de Grand devant la vitrine de Noël, évoquant la femme aimée qu'il n'a pas su retenir (p. 259).

Tous ces passages, même le dernier avec la réflexion plus générale qui le termine, pourraient à bon droit être qualifiés de *réalistes*. Camus pourtant n'a cessé de répéter que le « réalisme n'avait pas de sens », que c'était « une notion incompréhensible », opposée à la nature même de l'art... C'est qu'il entend le mot en son sens littéral : reproduction du réel. Or il est bien évident que l'artiste ne peut pas restituer intégralement le réel, pas plus que l'historien la totalité des faits. Le réel c'est le tout. Il faudrait pour le rendre une énumération aussi impossible que fastidieuse. L'artiste doit *choisir;* et spécialement pour Camus, qui veut faire vivre un mythe, le grand problème c'est de *réconcilier* constamment *le singulier*, la vérité de tous les jours - s'il la refuse il perd la vie [1] - et *l'universel, le général* - s'il ne l'atteint pas il perd la force.

Camus *choisit*, après avoir longtemps réfléchi, de « *faire de la séparation le grand thème du roman* [2] », c'est celui qui permettra les analyses à la fois les plus générales et les plus personnelles puisqu'il est la marque tout à la fois de la peste proprement dite, de toute maladie, de l'occupation, de la résistance, des prisons, des camps, - et de l'exil définitif de la mort.

Les femmes seront loin, évoquées toujours avec une discrétion extrême, mais d'autant plus présentes peut-être : images de la tendresse perdue, de la paix, du bonheur à toujours *recommencer* [3], à reconquérir. « *Peste, c'est un monde sans femmes, donc irrespirable* [4] ». Le combat moral des personnages y prendra encore plus de force, et l'amour pourra être analysé constamment, justement parce qu'on ne peut plus le vivre... *La peste* deviendra ainsi, insensiblement, en même temps qu'un mythe, « *une confession* », mais tout sera calculé « *pour que cette confession soit d'autant plus entière que la forme en sera plus indirecte... Naturellement on pourra appeler dégagement cette pudeur, mais ce serait supposer alors que l'obscénité est la seule preuve de l'amour* [5] ».

L'on voit à quel point l'œuvre a été *méditée* par Camus, tout entière *concertée*, devenue réellement dans sa longue gestation « consubstantielle » à son auteur comme le dit avec raison Roger Quilliot... Et elle a été *travaillée* ensuite, dans son plan et dans son écriture, avec la même obstinée patience.

LA COMPOSITION. LE LYRISME

La composition de la première version a été entièrement revue : cinq parties désormais, selon la tradition classique,

1. Camus, *L'artiste en prison*, Pléiade, II, p. 1127.
2. *Carnets*, p. 80 et suiv.
3. La nécessité de recommencer est aussi l'une des grandes constantes du roman, qu'il s'agisse du bonheur ou de la lutte contre le mal (p. 17, 162, 255, etc.).
4. *Carnets*, p. 80 et suiv.
5. Texte (modifié pour les temps des verbes) extrait de la lettre de Camus à Jean-Paul Sartre en réponse à l'article de Francis Jeanson.

cinq parties rythmées volontairement sur un crescendo et decrescendo pathétiques, en accord avec l'enchaînement mécanique des saisons. La progression de la peste est « *calquée d'abord sur celle des rats*[1] », puis sur celle de la chaleur qui monte et s'installe de plus en plus pesante, ressentie par chacun dans sa chair même comme la présence de la mort, étouffante, inexorable; et le decrescendo de l'épidémie proprement dite (une cinquième partie aussi volontairement rapide et inattendue que la première) est compensé par l' « élargissement » et la réunion de tous les thèmes, les morts tragiques de l'enfant Othon, de Tarrou, de la femme de Rieux, la folie de Cottard, la résurrection de Grand et de la jeune fille, la grande fête de la libération dans la détresse du narrateur solitaire...

Le lyrisme même est soigneusement préparé : l'image biblique du *fléau* battant le blé humain, employée et réemployée par Paneloux dans son premier prêche avec une éloquence qui semble appeler l'ironie, s'impose finalement à tous et même à Rieux le réaliste; on le voit tournoyer au-dessus des maisons comme pour chercher ses proies, on l'entend siffler sur les têtes (p. 104, 186, 285), tandis que le mal incendie les poitrines. Camus pourra même aller jusqu'à nous dire : « Les feux de joie de la peste brûlaient avec une allégresse toujours plus grande dans le four crématoire » (p. 234), nous l'accepterons. Le mythe est présent; lui aussi il est incarné.

L'EMPLOI DU STYLE INDIRECT

« *Élargir, élargir... Je veux exprimer au moyen de la peste l'étouffement dont nous avons tous souffert et l'atmosphère de menace et d'exil dans laquelle nous avons vécu. Je veux du même coup étendre cette interprétation à la notion d'existence en général*[2] ». Pour cela, et pour souligner en même temps la dépersonnalisation progressive, la monotonie sinistre des années noires, Camus recourt volontairement, en de très nombreux passages, au style indirect[3]. Le style indirect

1. Camus, *Carnets*, p. 69.
2. *Carnets*, p. 69 et 80.
3. « *Tout mettre au style indirect (prêches, journaux), etc.* », *Carnets*, p. 67.

en effet, s'il est bien manié, et utilisé surtout dans sa forme libre, sans verbe introductif nettement rappelé ni conjonction de subordination [1], permet d'objectiver le récit, non seulement en atténuant la présence de celui qui parle, mais en sollicitant du lecteur, déjà, un jugement critique sans qu'il y prenne garde.

Presque toujours le style indirect est ainsi employé par Camus de façon démystificatrice. Il nous rapporte les arguments de Paneloux, des journaux, en les dégonflant en quelque sorte de toute rhétorique, réduits à leur substance nue et par là même rendus inefficaces. Seules demeurent telles quelles les phrases que Camus entend imposer à notre souvenir soit pour qu'elles nous convainquent, soit pour que, confrontées au réel quelques pages plus loin, elles nous révoltent.

Ailleurs, le style indirect accentue l'humour. La peste se joue d'autant plus des pronostics administratifs que ceux-ci restent non vécus en quelque sorte, puisque à peine parlés :

« Le graphique des progrès de la peste, avec sa montée incessante, puis le long plateau qui lui succédait, paraissait tout à fait réconfortant au docteur Richard, par exemple. « C'est un bon, c'est un excellent graphique », disait-il. Il estimait que la maladie avait atteint ce qu'il appelait un palier. Désormais, elle ne pourrait que décroître... La préfecture... se proposait de réunir les médecins pour leur demander un rapport à ce sujet, lorsque le docteur Richard fut enlevé par la peste, lui aussi, et précisément sur le palier de la maladie » (p. 234).

Ailleurs encore, par une sorte de réserve pudique mais qui souligne davantage certaines idées auxquelles il tient, c'est le narrateur lui-même qui met au style indirect ses propres pensées, comme il fait pour celles des autres. Il introduit de cette façon, par exemple, le grand passage essentiel sur le moment qui arrive toujours dans l'histoire « où celui qui ose dire que deux et deux font quatre est puni de mort » (p. 135)... Enfin, et la plupart du temps dans les analyses générales, le style indirect se dilue tellement dans la chronique que l'on ne peut plus savoir à quel moment

1. Voir page 78.

l'on est passé des paroles réellement entendues par Rieux ou des constatations qu'il a faites sur d'autres à tout ce qu'il a ressenti lui-même, à son discours intérieur. On atteint alors à la monotonie passionnée du « *nous* », à l'uniformité de la nature humaine.

> « Tout le monde était modeste. Pour la première fois, les séparés n'avaient pas de répugnance à parler de l'absent, à prendre le langage de tous, à examiner leur séparation sous le même angle que les statistiques de l'épidémie. Alors que, jusque-là, ils avaient soustrait farouchement leur souffrance au malheur collectif, ils acceptaient maintenant la confusion. Sans mémoire et sans espoir, ils s'installaient dans le présent. A la vérité, tout leur devenait présent. Il faut bien le dire, la peste avait enlevé à tous le pouvoir de l'amour et même de l'amitié. Car l'amour demande un peu d'avenir, et il n'y avait plus pour nous que des instants [1] » (p. 183).

LE NARRATEUR ET LE GRAND ÉCRIVAIN

Le récit continue ainsi, long, complexe, sinueux, épousant le réel, - neutre souvent, ou bien même revenant en arrière avec des répétitions en apparence très maladroites [2], mais toujours étrangement puissant dans son analyse minutieuse... Nous ne sommes même pas étonnés que le narrateur devienne peu à peu, sous nos yeux, un grand écrivain. Il était capable, dès les premières pages, de nous décrire les rats venant crever au jour « avec une petite fleur de sang sur leur museau pointu ». Mais voici quelles phrases il trouvera en lui, avec la même simplicité que toujours, lorsqu'il voudra évoquer l'un de ses plus chers souvenirs, le bain nocturne avec Tarrou :

> « Peu avant d'y arriver, l'odeur de l'iode et des algues leur annonça la mer. Puis, ils l'entendirent. Elle sifflait doucement aux pieds des grands blocs de la jetée et, comme ils les gravissaient, elle leur apparut, épaisse comme du velours, souple et lisse comme une bête.

1. Tout ce passage a été préparé minutieusement par Camus dans ses *Carnets*. On comparera par exemple les pages 181 à 184 de la chronique et les pages 71 et 72 des *Carnets*.
2. Ainsi page 183 : « *Alors que, jusque-là...* », et page 184 : « *Alors que dans les premiers temps de la peste...* »

Ils s'installèrent sur les rochers tournés vers le large. Les eaux se gonflaient et redescendaient lentement. Cette respiration calme de la mer faisait naître et disparaître des reflets huileux à la surface des eaux. Devant eux, la nuit était sans limites »... (p. 254).

Rieux a pu réellement trouver de tels mots, ces images, ce rythme. L'auteur, sans jamais s'identifier à lui, en lui laissant son autonomie totale, lui a peu à peu donné sa propre grandeur en même temps qu'il devenait humain comme lui. A parler pour nous, à souffrir, lutter, aimer avec tous, lui qui ne nous a même pas confié le prénom de celle qu'il aime, Rieux est devenu plus compréhensif encore, plus riche de ce qu'il a suggéré à chacun dans sa modestie si proche de notre âme. Né pour ainsi dire du sujet lui-même et des exigences de Camus, il est de ces grandes créations de l'art, plus vraies que la nature et meilleures qu'elle, qui peuvent accompagner, longtemps, les hommes dans leurs douleurs et dans leurs rêves, dans leur combat toujours recommencé pour la tendresse. Camus, comme il le voulait, a fait de lui le portrait d'un homme.

L'accueil du public et de la critique 5

Parue le 6 juin 1947, *La peste* connut immédiatement le succès. Une semaine plus tard le Prix des Critiques lui était décerné sur la proposition de Jean Paulhan. Émile Henriot avait bien objecté : « *Camus est trop célèbre; pourquoi pas Gide ou Claudel?* », Paulhan avait répondu : « *Cela fera connaître le Prix.* »

Effectivement, avec ou sans prix, le public aimait l'œuvre, et il n'a pas cessé de l'aimer. Vingt-trois ans après sa publication, *La peste* reste largement en tête, avec *L'étranger*, des tirages du livre français (plus de 2 500 000 exemplaires vendus); elle a été publiée en vingt-deux langues, et le Prix Nobel en 1957 n'a fait que consacrer ce choix populaire. Camus demeure bien dans l'opinion générale l'auteur de *La peste*, c'est-à-dire « *d'une œuvre qui met en lumière avec un sérieux pénétrant*, comme l'a dit l'Académie de Stockholm, *les problèmes se posant de nos jours à la conscience des hommes* ».

Les critiques au contraire, malgré la récompense qui porte leur nom attribuée dans l'enthousiasme du premier jour, ont peu à peu multiplié les réserves, puis les objections violentes ou feutrées... Ayant la plupart du temps, dans cette étude, pris nettement parti pour une œuvre qui n'a rien perdu à mon avis de sa complexité et richesse premières, je citerai de préférence, ici, les objections et les reproches, même lorsqu'ils sont portés par des commentateurs très favorables sur d'autres points. Chacun pourra ainsi connaître les diverses argumentations et appréciations possibles, et, revenant ensuite au texte de Camus, juger par lui-même de façon sérieuse, à la lumière de sa raison et de son expérience personnelle.

COMPLAISANCE POUR L'ABSURDE
OU ABANDON DE LA RIGUEUR?

Les critiques traditionnels (Marcel THIÉBAUT, *La revue de Paris*, Émile HENRIOT, *Le monde*), tout en reconnaissant la puissance de Camus romancier (« La description de cette épidémie est extraordinairement convaincante; le lecteur tâte ses aisselles avec inquiétude »), reprochent au livre en général ce qu'il garde de complaisance pour l'absurde. On pourrait croire que Marcel Thiébaut par exemple n'a lu que la première version de l'œuvre, ce qui est pourtant impossible puisqu'elle était inconnue au moment où il écrivait :

> « Le monde où vit M. Camus est une vaste prison, sur laquelle pèsent d'éternelles menaces. La nature elle-même a mauvaise conscience. Baudelaire écrivait : « Homme libre toujours tu chériras la mer. » M. Camus écrit : « Seule la mer, au bout du damier terne des maisons, témoignait de ce qu'il y a d'INQUIÉTANT et de jamais reposé dans le monde. » Dans les descriptions qu'il a faites des choses et des êtres, M. Camus, en homme qui ne veut voir que l'étrange ou l'absurde et par voie de conséquence refuse le comique, se place toujours au-delà de l'ironie. D'un obstiné qui consacre ses journées entières à faire passer inutilement des pois d'une marmite dans une autre, il dit : « A en croire sa femme, il avait donné très jeune des signes de sa vocation. » Le mot « vocation » a été placé là sans sourire et n'invite pas au sourire. Sur le plan où se place M. Camus, la vocation de transvaser sans raison des petits pois en vaut une autre. Il propose de voir un héros dans le fonctionnaire qui passe ses nuits à corriger l'unique phrase de son « roman ». Oui, un héros, car cette forme d'héroïsme-là, elle aussi, en vaut une autre... Pour lui une lumière grise, égale, se pose impartialement sur toutes choses. Nous sommes dans un monde sans joie, un monde de pierre, fatal et absurde. »

Au contraire Jean-Jacques RINIERI regrette, dans *La nef*, « la nudité des œuvres précédentes » :

> « Les valeurs éternelles », qu'il avait dégonflées en faisant éclater la mystification qu'elles impliquent, sont

maintenant ses idoles. Il est significatif de constater l'étonnante faiblesse des « raisonnements » implicites de *La peste* : le récit, dur et dense quand il se borne à n'être qu'une chronique dépouillée, se relâche dès qu'il prétend à offrir une éthique ; quelle pitié de voir Albert Camus, que nous estimions et que nous aimions pour la rigueur de sa pensée tout autant que pour le courage de son caractère, se mettre à penser mou !...

« C'est l'équilibre de l'évidence et du lyrisme qui peut seul nous permettre d'accéder en même temps à l'émotion et à la clarté », a-t-il écrit ailleurs : ici, hélas, le lyrisme a brouillé les cartes, l'équilibre est rompu, la clarté se perd. Du *Mythe de Sisyphe* à *La peste*, il n'y a pas dépassement dialectique, mais saut dans le noir. »

LA RUPTURE AVEC SARTRE

Dans *Les temps modernes*, le premier compte rendu de *La peste* demeure très nuancé. Étiemble discerne à juste titre, en Tarrou, un reste de croyance au péché originel et critique fortement ses positions utopistes : « Que les mouchards nous dégoûtent, que les bourreaux nous fassent horreur, évidemment. Renoncez à cette justice imparfaite, licenciez polices et procureurs, vous verrez pis. » Sans relever, comme le fera plus tard Conor Cruise O'Brien [1], l'absence à peu près totale des Arabes dans le livre, Étiemble note que Camus n'a pas oublié de relever « *l'inégalité des hommes devant la mort et devant la maladie* ». Il s'étonne seulement que Rieux, « le fléau disparu, n'entreprenne pas d'atténuer cette inégalité devant la mort, bien plus dure à (son) sens que celle des fortunes, encore qu'elle en soit la conséquence naturelle ; qu'il n'exige pas la suppression des zones lépreuses »... (Rien n'indique que Rieux ne le fasse pas, la chronique s'arrête avant.)

Mais les mêmes *Temps modernes* publient un peu plus tard, à propos de *L'homme révolté*, un article de Francis Jeanson qui contient sur *La peste* des appréciations ahurissantes :

1. Voir p. 32.

« *La peste* est une chronique transcendantale. A la différence de *L'étranger*, - où le monde était vu par une subjectivité concrète, qui ne s'y découvrait « étrangère » qu'en y existant parmi d'autres subjectivités concrètes, - *La peste* raconte des événements vus d'en haut par une subjectivité hors situation qui ne les vit pas elle-même et se borne à les contempler »... (? ?)

Camus avait beau jeu pour répondre, mais il le fit de façon hautaine et maladroite, et en s'adressant non pas à Jeanson ni même directement à Sartre, mais « à Monsieur le Directeur des *Temps modernes* ». Sartre répondit à son tour :

« Vous avez pu, dans *La peste*, faire tenir le rôle de l'Allemand par des microbes, sans que nul ne s'avisât de la mystification. Bref, vous avez été, pendant quelques années, ce que l'on pourrait appeler le symbole et la preuve de la solidarité des classes. »

Ce fut la rupture complète entre les deux hommes... Mais SARTRE écrivit plus tard dans *France-Observateur* - après la mort de Camus, hélas - un article qu'il faudrait citer en entier :

« Camus représentait en ce siècle, et contre l'Histoire, l'héritier actuel de cette longue lignée de moralistes dont les œuvres constituent peut-être ce qu'il y a de plus original dans les lettres françaises. Son humanisme têtu, étroit et pur, austère et sensuel, livrait un combat douteux contre les événements massifs et difformes de ce temps. Mais, inversement, par l'opiniâtreté de ses refus, il réaffirmait, au cœur de notre époque, contre les machiavéliens, contre le veau d'or du réalisme, l'existence du fait moral. Il était pour ainsi dire cette inébranlable affirmation. Pour peu qu'on lût ou qu'on réfléchît, on se heurtait aux valeurs humaines qu'il gardait dans son poing serré : il mettait l'acte politique en question, il fallait le tourner ou le combattre : indispensable, en un mot, à cette tension qui fait la vie de l'esprit. »

LES POINTS DE VUE CHRÉTIENS

Du côté chrétien les réactions furent également assez diverses, la figure du Père Paneloux en particulier parut à beaucoup inexactement représentative. Rieux n'estime-t-il pas lui-même (p. 223) que le Père côtoie l'hérésie ?

Pierre-Henri SIMON, dans *L'homme en procès* (Payot, édit.), constate à regret chez Camus « une incompréhension profonde du christianisme » :

> « Croyant naïf, abusé par des mythes qui lui voilent le pathétique de sa condition d'homme, ou croyant déchiré qui tire honnêtement de sa foi la conséquence d'une adhésion mystique au malheur, le chrétien, dans *La peste*, est enfermé entre les deux termes de cette alternative, et il conclut toujours par une sécession de la terre. Mais n'est-ce pas une vue bien simplifiée et arbitraire ? Dans la réalité vécue de l'expérience religieuse, il semble qu'il soit moins question d'un choix entre l'optimisme et le désespoir que d'un équilibre à tenir entre deux appels : celui de la confiance en la bonté du Père et celui de l'association à la passion du Fils. »

Jean ONIMUS, dans son étude *Camus devant Dieu*, déclare au contraire à propos du Père Paneloux :

> « Si l'on suit de près le texte du second sermon, on ne peut que rendre hommage à la lucidité de Camus. Sans y entrer lui-même, et tout plein au contraire de réticences et de révolte, il a parfaitement expliqué ce qu'est la vertu de religion. Un théologien ne pourrait qu'approuver les termes qu'emploie Paneloux et jusqu'aux nuances qu'il tient à souligner : ni résignation, ni fatalisme mais acceptation crucifiante, unie à la volonté de lutte contre le mal », et Jean ONIMUS se demande finalement, dans sa conclusion, « si la vie spirituelle de Camus n'est pas celle d'un grand amour manqué ».

L'idée même de « sainteté sans Dieu » en tout cas a été attaquée aussi bien par les croyants (Pierre de BOISDEFFRE, *Métamorphoses de la littérature;* R. P. BRUCKBERGER, *Le Cheval de Troie*), que par les incroyants (Georges BATAILLE, *Critique*).

« Il n'y a pas de sainteté absurde, dit P. de Boisdeffre. La sainteté porte en elle sa justification ou elle n'existe pas...

Rien ne diffère plus d'une aventure individuelle que la sainteté... Imagine-t-on un Gandhi pour lequel la non-violence n'eût été qu'un geste absurde, une ascèse sans but ? »

« Ce nom surprenant de *sainteté* en ce lieu, inintelligible et suspendu, sous le signe duquel Camus a finalement placé son livre, trahit encore, écrit Georges Bataille, une nostalgie de passion et un désir de brûler... La morale de *La peste*, c'est la morale de tous les temps, c'est, avare et sans vie, une morale du malheur. La valeur n'est pas celle que la soumission, la révolte fondent, c'est *la santé* [1]... »

CAMUS REFUSE-T-IL L'HISTOIRE ?

Mais c'est bien entendu sur le plan de l'histoire, comme on l'a déjà compris par la phrase de Sartre, qu'ont été faits à *La peste* les plus vifs reproches :

« Il n'est pas exact de confondre dans une même fable les blessures qu'inflige une nature muette et celles que multiplient des bourreaux bavards, de mélanger les bacilles et les tortionnaires, et de répondre, par le même appel vers la sainteté ou la pureté vers un Dieu sans nom et sans visage, à la tranquille méchanceté des astres ou à la fiévreuse malice des hommes. *La peste* est construit tout entier en porte à faux sur un jeu de mots trop hâtif ou trop calculé, et détruit la portée d'une des affirmations de *Remarques sur la révolte : Toute attitude de révolte, politique ou métaphysique, implique une action dans le relatif, un service à l'homme.* Si les maux sont tous assimilables à ce *bacille de la peste qui ne meurt* ni ne disparaît jamais, un stoïcisme avare d'actions et de responsabilités est la seule attitude supportable en attendant le retour de la peste et l'heure de mourir » (Claude ROY, revue *Europe*).

« Ainsi, au troisième anniversaire de la Libération de Paris, que nous célébrons aujourd'hui, je pense que Tarrou n'aurait pas été sur les barricades mais dans les équipes de la Croix-Rouge. Seulement, si tout le monde est en casque blanc ou le petit drapeau à la main, qui fera

1. Georges Bataille pense en particulier à la page 218 du livre, qu'il ne replace pas suffisamment dans son contexte psychologique.

le coup de feu sur les barricades ? La morale de la Croix-Rouge n'est valable que dans un monde où les violences faites à l'homme ne proviendraient plus que des éruptions, des inondations, des criquets... ou des rats. Et non des hommes... Je sais bien qu'en écrivant cela, je hurle avec les loups ; et que prenant mon parti de la violence (parce que je me sais solidaire de celle qui est quotidiennement accomplie par les miens contre les miens), je la perpétue. Il faut au moins reconnaître l'importance de *La peste* comme étant le manifeste, dans la seconde après-guerre, de l'anti-terrorisme, manifeste dont les conséquences sociales, d'ici vingt ans, peuvent être considérables s'il amorce le vaste mouvement d'objection de conscience et de pacifisme intégral, dont les conditions sont mille fois mieux posées qu'aux Indes dans notre continent européen en pleine chute de tension biologique, vidé, crevé par une série de guerres et menacé d'être le champ clos des derniers blocs antagonistes » (Bertrand d'ASTORG, *Esprit*, octobre 1947).

Roland BARTHES va plus loin encore comme nous l'avons vu (p. 21) : « Point de structure à *La peste*, point de cause, point de liaison entre *La peste* et un ailleurs qui pourrait être le passé et d'autres lieux et d'autres faits, en un mot, point de *mise en rapport*... On ne sait rien d'elle sinon qu'elle *est;* on ignore et son origine et sa forme.. Le fléau est presque un test expérimental qui nous permet de voir réagir une humanité moyenne, nullement héroïque, douée dans le meilleur des cas d'une vertu de moraliste, plus que de théologien : la bonne volonté... Le monde de Camus est un monde d'amis, non de militants. Les hommes de Camus ne peuvent s'empêcher d'être bourreaux ou complices des bourreaux qu'en acceptant d'être seuls, et ils le sont. De même, *La peste* a commencé pour son auteur une carrière de solitude ; l'œuvre, née d'une conscience de l'Histoire, n'y va point pourtant chercher d'évidence et préfère dériver la lucidité en morale ; c'est par le même mouvement que son auteur, premier témoin de notre Histoire présente, a finalement préféré récuser les compromissions - mais aussi la solidarité - de son combat. »

LA MORALE DE CAMUS

Toutes ces critiques méritent d'être examinées en détail mais, s'appuyant principalement sur le personnage de Tarrou, elles ne tiennent pas suffisamment compte à mon avis du livre entier, à plus forte raison de tout Camus. Un article de Serge DOUBROVSKY dans *Preuves* a tenté cette synthèse dont nous ne pouvons malheureusement donner ici qu'une faible idée (ces dix pages, précisément à cause de leur richesse, sont irrésumables) :

« De la morale camusienne, qu'on nous peignait si éthérée, découlent des conséquences pratiques immédiates : « J'aurai plaidé... pour que diminue *dès maintenant* l'atroce douleur des hommes » *(Actuelles)*. Aucun recours au royaume des fins, au futur, ne saurait justifier l'attentat contre le présent, contre la vie, inaliénable valeur. C'est ici qu'une morale de l'être s'oppose irréductiblement aux morales du faire, et que Camus se sépare de l'existentialisme et du marxisme. Camus n'a jamais nié que, dans certains cas exceptionnels, la violence doive être une arme, mais il s'est toujours refusé à ce qu'elle puisse être une politique. Simple nuance, mais, pour des millions d'êtres humains, capitale. Camus retrouve les valeurs de vie et de bonheur, perdues dans le tumulte et les terreurs de ce temps. Dans le même mouvement, il met donc le bonheur, c'est-à-dire la réconciliation de l'homme et de la nature, au-dessus de la morale, et puis il corrige l'indifférence de la nature, de sa nature, par la morale, c'est-à-dire l'éclatement de la solitude vers autrui...

La « mesure » camusienne, dans ce qu'elle a d'authentique, est à l'opposé de la modération confortable et médiocre. Elle est perpétuel et douloureux effort. Le contact véritable avec l'être et avec l'autre n'est pas donné, mais conquis sur la banalité, sur l'habitude. La volonté tenace de mordre au présent n'est pas une facilité, quand on sait comme il est aisé d'attendre sa justification de l'avenir ou du passé. Elle constitue la seule manière de vivre en adhérant pleinement à la vie... C'est ce que Claude Bourdet a bien senti, quand il écrit en conclusion de son article « Camus ou les mains propres » : ... « Que vienne le temps où, en dépit des avatars présents, la France se dirigera vers le socialisme... et peut-être les mises en garde de Camus contre les dégradations de la révolution seront-elles utiles à ceux qui seront justement aux prises avec ces menaces... »

LA VALEUR ARTISTIQUE DE L'ŒUVRE

Tout occupée par les problèmes posés, la critique a peu étudié en général l'art de *La peste*. Ici encore nous citerons seulement quelques jugements défavorables, à partir desquels les lecteurs pourront déterminer, plus facilement nous semble-t-il, leur propre goût.

« *La peste*, un livre gris et lourd » (Emmanuel MOUNIER, *Esprit*).

« Alors que Kafka, par la démesure de ses visions, devient parfois obscur, Camus, faisant sonner trop haut ce qu'il y a de purement humain en l'homme, sonne creux. Là où les symboles de Kafka vous donnent le vertige en tournant sur leur axe, les images de Camus se révèlent trop souvent comme de plates allégories qui perdent tout mystère pour peu qu'on applique à leur traduction et à leur solution la doctrine convenable. Cette ville pestiférée semble condamnée moins à la fosse commune qu'au lieu commun » (Heinz POLITZER, *Der Monat*).

« L'œuvre n'est enracinée ni dans l'épaisseur réelle de la vie, ni dans l'épaisseur poétique du mythe. A la réalité, l'allégorie ne laisse qu'une place trop réduite pour qu'elle puisse nous prendre à son piège : à l'allégorie, la réalité ne consent qu'une valeur de signe intellectuel. A chaque instant, et en quelque sens qu'on la prenne, l'œuvre est ainsi paralysée par elle-même. De tous les écrivains d'aujourd'hui, Camus est sans doute le plus soucieux d'aboutir au mythe : mais, dans *La peste*, l'impuissance de l'allégorie à devenir mythe est évidente, et marque peut-être le lieu véritable de l'échec » (Gaëtan PICON, *Fontaine*).

« *La peste* et plus encore *L'état de siège* montrent à quel point Camus est privé des dons qui font le vrai romancier : imagination et sensualité; il n'a que des passions abstraites, il se meut dans un univers de signes, une sorte de calque absurde de ce monde. Le froid, la faim, la misère, l'amour, la maladie, la mort, la joie cessent d'être des états naturels de l'homme pour devenir des *mythes* » (P. de Boisdeffre, *Métamorphoses de la littérature*).

Reproches en partie contradictoires, on le voit, et qui laissent inexpliqué l'immense succès du livre aussi bien en France qu'à l'étranger. Faudrait-il conclure à un mauvais goût indécrottable du public ? Je n'en crois rien. Pierre de Boisdeffre reconnaît d'ailleurs volontiers, une page à peine après celle que nous avons citée : « Ce livre au ton neutre, souvent plat, nous convainc davantage que ne le ferait une révolte lyrique... *La peste* n'est qu'une allégorie, mais c'est l'allégorie même de notre temps. »

En réalité, l'esthétique du livre, extrêmement volontaire nous l'avons dit [1] (p. 59), reste à étudier en profondeur [2]. Si l'œuvre connaît aujourd'hui, après une certaine désaffection au profit de *L'étranger*, un renouveau d'audience indiscutable, c'est pour ses qualités de forme autant que pour sa richesse d'expérience humaine. Les jeunes, en particulier, lui savent gré de rester simple et vraie, sans jargon aucun, tout en posant dans leur complexité réelle non pas seulement les problèmes d'une oppression étrangère mais ceux de toute aliénation morale, les exigences toujours mêlées de la justice et du bonheur. *La peste* ne dit pas tout, certes, mais elle essaie de ne rien diminuer, de ne rien trahir. Elle sera méditée longtemps encore.

---

1. Camus discernait et admirait dans toutes les grandes œuvres romanesques une « monotonie passionnée » (Pléiade I, p. 1890).
2. Premiers travaux très intéressants, en particulier de Roger Quilliot et André Meunier dans le numéro spécial de la *Revue des lettres modernes*, n° 212 (Minard, 1969).

6 | Pour étudier « La peste »

▶ Bibliographie

On consultera toujours utilement, pour une étude détaillée de *La peste* et des autres récits de Camus :

- Les deux tomes des Œuvres de CAMUS dans La Pléiade :
  1. Théâtre, Récits, Nouvelles.
  2. Essais.
  On lira en particulier :
- dans le premier tome, a. l'analyse et les extraits de la première version de *La peste ;* b. la pièce *L'état de siège*, créée par Jean-Louis Barrault un an après *La peste* sur un sujet à la fois très voisin et très différent (pièce non réussie à mon avis mais qu'il peut être utile de comparer au récit pour mieux saisir les exigences respectives du texte écrit et du théâtre); c. *L'intelligence et l'échafaud, Herman Melville*, et *La réponse de Camus à Roland Barthes*.
- dans le second tome : *L'homme révolté*, et toutes les *Lettres sur la révolte*, surtout celle adressée à Jean-Paul Sartre.

- Les *Carnets* de CAMUS, deux tomes parus, I (1935-42), II (1942-51), Gallimard.
  Peu de confidences biographiques, mais de très nombreuses pensées très intéressantes sur tous les sujets; l'homme et l'artiste toujours en éveil.
- Les quatre analyses approfondies, par P.-L. Rey, M. Bouchez et B. Gros, de *L'étranger, La chute, Les justes, L'homme révolté*, parues dans la collection « Profil d'une œuvre » (Hatier).
- Les nombreux articles et études cités p. 63-72 dans notre chapitre l'Accueil de la critique.

- *Albert Camus et les critiques de notre temps* (recueil, établi par Jacqueline LEVI-VALENSI, de grands textes critiques français sur « l'univers camusien » (Garnier, 1970).

- Les numéros spéciaux de la *Revue des lettres modernes* (Minard) : *Camus devant la critique anglo-saxonne de langue anglaise* (n° 64, 1961), *de langue allemande* (n° 90, 1963), *langue et langage* (n° 212, 1969).

- PIERRE-GEORGES CASTEX : *Les contradictions d'Albert Camus* (*Le français dans le monde*, septembre 1966). Article court mais qui traite de façon excellente le sujet annoncé par son titre.

- CARINA GADOUREK : *Les innocents et les coupables* (Mouton, 1963). Thèse hollandaise souvent fort perspicace, avec index utile.

- POL GAILLARD : *Albert Camus* (Bordas, 1973). Étude des œuvres littéraires et philosophiques, la pensée, l'art de Camus ; biographie de l'écrivain, bibliographie critique, index.

- JEAN GRENIER : *Albert Camus, souvenirs* (Gallimard, 1968). Le témoignage de l'ancien professeur de Camus, qui demeurera toujours son ami.

- MORVAN LEBESQUE : *Camus par lui-même* (Seuil, 1963). Livre très vivant, nombreux documents photographiques.

- PAUL LECOLLIER : *Sur « La peste » d'Albert Camus* (Les Cahiers rationalistes, janvier 1967). Analyse précise et ferme. « Quiconque lit « La peste » achève le livre, non pas muni d'une morale toute faite, mais ce qui est mieux, avec la conscience de la nécessité d'une morale, c'est-à-dire préparé pour la réflexion éthique la plus exigeante et la plus profonde ».

- CONOR CRUISE O'BRIEN : *Albert Camus* (Seghers, 1970). L'auteur, député irlandais, étudie de façon nouvelle, et critique, comment sont présentés les rapports franco-arabes dans les trois grands récits de Camus.

- JEAN ONIMUS : *Camus* (Desclée de Brouwer, 1965). Étude catholique, compréhensive et bien documentée.

- ROGER QUILLIOT : *La mer et les prisons* (Gallimard, 1970). La meilleure étude actuelle de l'homme et de l'œuvre.

Thèmes de réflexion et de discussion. ◀
Sujets possibles de dissertations, débats et exposés. Documentation

A. Sur la signification de « La peste » et sa place dans l'œuvre de Camus

1. Camus écrit pour lui-même en 1942 dans ses *Carnets* : « *L'étranger décrit la nudité de l'homme en face de l'absurde. La peste, l'équivalence profonde des points de vue individuels en face du même absurde. C'est un progrès qui se précisera dans d'autres œuvres.* »

Vous essaierez de déterminer le plus précisément possible·cette évolution de Camus, et vous direz si elle constitue, à vos yeux, un progrès :

a) Du point de vue logique et philosophique
b) Du point de vue de l'art de Camus
c) Du point de vue du bonheur

DOCUMENTATION

L'étranger (Éd. Folio et Profil d'une œuvre). *La chute* (Éd. Folio et Profil d'une œuvre) ; *Le mythe de Sisyphe* et *L'homme révolté* (coll. Idées et Profil d'une œuvre) ; ici, p. 44 et 47.

Tenez compte de la date qui vous est donnée dans le sujet. *La peste* dont il est parlé ici n'est pas le roman définitif, mais la première version, achevée en janvier 1943. *Le progrès* indiqué par Camus s'est donc précisé d'abord par d'importantes modifications apportées à l'œuvre elle-même ; se poursuivra-t-il de la même façon dans *L'homme révolté* puis dans *La chute ?*

2. « *Il faut faire ce qu'il faut* ». La formule est plusieurs fois répétée dans *La peste* malgré son air de lapalissade (Camus aimait dire que les « tautologies », bien loin d'être inutiles, soulignaient souvent des évidences oubliées). Exposez, à partir de cette phrase, la morale de Camus et dites ce que vous en pensez.
Aucune documentation spéciale n'est ici à conseiller.
Relire le récit de Camus, et réfléchir.

3. « *Il y a pour l'homme une action et une pensée possibles au niveau moyen qui est le sien. Toute entreprise plus ambitieuse* *se révèle contradictoire* ». Expliquez cette conclusion de Camus par l'expérience de *La peste*.

DOCUMENTATION

L'homme révolté, toute la dernière partie : « La pensée de midi ». Les lecteurs qui connaîtraient assez bien les découvertes fondamentales de la science contemporaine : quanta, relativité, principe d'indétermination d'Heisenberg (avec les discussions très importantes que ce principe a suscitées), pourront s'inspirer aussi pour étudier la philosophie de *La peste* des phrases suivantes de Camus : « *Les idéologies qui mènent notre monde sont nées au temps des grandeurs scientifiques absolues. Nos connaissances réelles n'autorisent au contraire qu'une pensée des grandeurs relatives... La pensée approximative est seule génératrice de réel.* »

4. Albert Camus écrit à un ami allemand : « *Je continue à croire que ce monde n'a pas de sens supérieur. Mais je sais que quelque chose en lui a du sens et c'est l'homme, parce qu'il est le seul être à exiger d'en avoir. Ce monde a du moins la vérité de l'homme et notre tâche est de lui donner ses raisons contre le destin lui-même. Et il n'a pas d'autres raisons que l'homme et c'est celui-ci qu'il faut sauver si l'on veut sauver l'idée qu'on se fait de la vie.* » Vous discuterez ces propos en vous fondant en particulier sur une étude précise de *La peste*.

DOCUMENTATION

Le texte est extrait de la 4e *lettre à un ami allemand* (nazi), datée de juillet 1944, - lettre qui se termine par ces mots : « *Je sais que le ciel qui fut indifférent à vos atroces victoires le sera encore à votre juste défaite. Aujourd'hui encore, je n'attends rien de lui. Mais nous aurons du moins contribué à sauver la créature de la solitude où vous vouliez la mettre. Pour avoir dédaigné cette fidélité à l'homme, c'est vous qui, par milliers, allez mourir solitaires. Maintenant, je puis vous dire adieu.* »

5. « *Une œuvre d'homme*, a écrit Camus, *n'est rien d'autre que ce long cheminement pour retrouver, par les détours de l'art, les deux ou trois images simples et grandes sur lesquelles le cœur, une première fois, s'est ouvert* ». Quelles sont à votre avis ces deux ou trois grandes images premières que Camus a retrouvées, et peut nous faire trouver ou retrouver à nous-mêmes, dans *La Peste*?

DOCUMENTATION

Camus, *Carnets* (I et II), *L'envers et l'endroit*, *Noces* (Pléiade, *Essais*).

6. « *Le danger des hommes vient des hommes; ils n'ont qu'eux à redouter, ou presque* » déclare le créateur de San Antonio, Frédéric Dard. Cependant, dans la même interview, il évoque aussitôt « *le scandale contre lequel personne ne peut rien et qui est la mort* ». Vous inspirant ou non de ces deux formules, vous étudierez et discuterez les problèmes que Camus a voulu poser dans *La peste*, et les solutions qu'il suggère.

7. « *Le mal qui est dans le monde vient presque toujours de l'ignorance, et la bonne volonté peut faire autant de dégâts que la méchanceté, si elle n'est pas éclairée. Les hommes sont plutôt bons que mauvais, et en vérité ce n'est pas la question. Mais ils ignorent plus ou moins, et c'est ce qu'on appelle vertu ou vice, le vice le plus désespérant étant celui de l'ignorance qui croit tout savoir et qui s'autorise alors à tuer* ». A quel personnage du récit inclineriez-vous d'abord à attribuer ce texte ? A Tarrou ou à Rieux ? Pourquoi ?... En fait il est de Rieux. Tarrou le reprendrait-il exactement à son compte ? Que vous révèle-t-il sur un certain rationalisme de Camus ?

8. On cite souvent la phrase de Gide : « *C'est avec les bons sentiments qu'on fait de la mauvaise littérature.* » Estimez-vous que *La peste*, qui exalte la probité, le courage, la lutte contre le mal, la tendresse humaine, soit de la mauvaise littérature ? Si oui ou si non, pourquoi ?

DOCUMENTATION

Gide constatait avec rage que beaucoup de gens n'avaient retenu que la première partie de sa phrase et oublié la seconde : « *... mais il n'est pas vrai non plus qu'on ne fasse de la bonne littérature qu'avec de mauvais sentiments.* »

B. Sur l'art dans « La peste »

1. « *Il y a des limites à se donner. A cette condition l'on crée* » se répète constamment Camus. « *Pour écrire, être toujours un peu en-deçà dans l'expression (plutôt qu'au-delà). Pas de bavardage en tout cas... La véritable œuvre d'art est celle qui dit moins... Style le plus difficile, celui qui se soumet* ».
Cherchez en relisant *La peste* des exemples de passages où Camus est resté volontairement, vous semble-t-il, « *en-deçà dans l'expression* » et quel effet il a ainsi obtenu.
Ne trouve-t-on pas encore, dans certains chapitres, des traces

de bavardage ? des répétitions d'idées ou des formules très voisines, par exemple pages 182-186 ? Pourquoi les a-t-il laissées ?

DOCUMENTATION

Camus, *L'intelligence et l'échafaud* (Pléiade, tome I) (*Carnets*, tomes I et II).

2. « *Tout mettre au style indirect (prêches, journaux, etc.)* » se recommande Camus à lui-même à la fin de 1942. Il n'a pas *tout* mis au style indirect bien entendu, mais il y a recouru effectivement dans de très nombreux passages, et même lorsque le narrateur rapporte ses propres pensées. Pourquoi ? Étudiez, sur des exemples précis, ce qu'il a voulu faire, et les effets qu'il a obtenus à votre avis.

3. A titre d'expérience, essayez de mettre le deuxième prêche du Père Paneloux (p. 221 à 227) :

    a. Entièrement au style direct ;
    b. Entièrement au style indirect proprement dit ;
    c. Entièrement au style indirect libre...

Que constatez-vous ? Quelles sont vos difficultés ? Quelles sont les différences frappantes ? Pourquoi et en quoi la forme sous laquelle nous sont présentées dans *La peste* les idées du Père Paneloux modifie-t-elle l'impression que font sur nous ces idées ?

DOCUMENTATION

Style direct : paroles ou pensées d'autrui, rapportées telles quelles, entre guillemets, aucun mot n'est modifié.
Style indirect : paroles ou pensées d'autrui, rapportées par l'intermédiaire d'un verbe introductif exprimé ou sous-entendu, et modifiées par conséquent dans leur forme grammaticale chaque fois qu'il y a lieu (pronoms personnels, pronoms et adjectifs possessifs, temps des verbes en particulier).
Style indirect proprement dit : avec mot subordonnant. *Style indirect libre :* sans mot subordonnant.

Exemple : Dans la fable *L'hirondelle et les petits oiseaux* La Fontaine nous raconte comment les oisillons, trouvant aux champs tout ce dont ils avaient besoin pour le moment, raillèrent l'hirondelle qui les pressait de prendre des précautions. *Style direct :* Les oiseaux se moquèrent d'elle en disant : « Nous trouvons aux champs trop de quoi ! »

Style indirect proprement dit : Les oiseaux se moquèrent d'elle en disant qu'ils trouvaient aux champs trop de quoi.

Style indirect libre : Les oiseaux se moquèrent d'elle : ils trouvaient aux champs trop de quoi. (Cette dernière rédaction est celle de La Fontaine.)

4. Camus, qui admire profondément nos grands auteurs du XVIIe siècle, affirme : « *Le classicisme c'est la confiance dans les mots.* » Cette confiance n'est plus partagée aujourd'hui, c'est le moins qu'on puisse dire, par beaucoup d'écrivains contemporains. Le docteur Rieux, dans *La peste,* n'a-t-il pas souvent le soupçon des limites du langage ? Étudiez la manière dont, avec sa probité habituelle, il use des mots.

DOCUMENTATION

Albert Camus : *L'intelligence et l'échafaud* (Pléiade, I); Jean-Paul Sartre : *Les mots* (Gallimard); Roger Quilliot : *La mer et les prisons* (Gallimard).

C. Sur les grandes pestes de l'histoire

« *La véritable œuvre d'art est celle qui dit moins* » dit Camus. Vous comparez l'évocation que fait le docteur Rieux des **grandes pestes de l'histoire,** p. 45 de l'édition Folio (ici p. 19), aux renseignements historiques qui vous sont donnés ci-dessous ; vous noterez ce que Camus a gardé et ce qu'il a supprimé, et vous chercherez les différentes raisons pour lesquelles il a choisi le parti rigoureux de la sobriété.

DOCUMENTATION HISTORIQUE

« *Le carnaval des médecins masqués pendant la Peste noire* ». Au Moyen Age particulièrement, et encore aux XVIIe et XVIIIe siècles, on croyait que la peste se propageait par l'air, que le principe de la maladie était dans l'atmosphère même de tous les lieux atteints ; les médecins portaient donc, pour visiter les malades, des espèces de survêtements huilés et des *masques* munis d'un long nez, ou bec, dans lequel étaient logées des drogues prophylactiques ou présumées telles. Inutile de dire que ce *carnaval* sinistre n'était pas fait pour rassurer l'opinion publique. Les gens fuyaient partout où ils pouvaient, - et ils répandaient l'épidémie, propagée en réalité par leurs puces. La Peste noire, qui dura de 1343 à 1353, tua pense-t-on le quart de la population européenne, environ 25 millions d'hommes. Florence et la Toscane, Rome et le Latium perdirent jusqu'à 80 % de leurs habitants.

« *Les accouplements des vivants dans les cimetières de Milan* » rappellent les deux grandes épidémies qui ravagèrent la capitale de la Lombardie en 1575 et 1630. Manzoni, dans son grand roman *Les fiancés*, et Adrien Proust[1], dans *La défense de l'Europe contre la peste*, rappellent qu'elles furent marquées par des débauches et des saturnales effrénées, parfois jusque dans les cimetières. Postérieurement à Camus, le cinéaste Bergman évoquera de même très puissamment dans *Le septième sceau*, à côté des processions terribles des Flagellants qui se torturaient volontairement jusqu'à la mort pour échapper au fléau et gagner le ciel tout de suite, les folies d'ivresse et de fornication de beaucoup d'autres.

« *Les charrettes des morts dans Londres épouvanté* ». Ici encore l'image perd beaucoup de sa force si l'on ne se représente pas le tableau dans toute son horreur. Pendant la terrible épidémie de 1665 qui tua dans la capitale anglaise plus de 100 000 habitants en 5 mois, des charrettes, la nuit, venaient chercher les cadavres, dont les bien portants désiraient évidemment se débarrasser au plus vite. Certains jetaient même parfois dans la charrette, avec les morts, les moribonds.

« *Les bagnards de Marseille empilant dans des trous les corps dégoulinants* » ; Rieux a lu sans doute jadis pendant ses études le fameux texte des *Mémoires d'outre-tombe* (Quatrième Partie, I, 15).

C'est pour essayer d'arrêter cette épidémie de Marseille (1720) que l'on creusa le grand fossé et construisit le grand mur évoqués par Rieux (p. 34 en bas), depuis Sisteron jusqu'au confluent du Rhône et de la Durance... L'épidémie fut arrêtée, les hommes et les animaux ne passant plus, mais à Marseille 40 000 habitants périrent sur 90 000.

On lira en particulier, outre le grand texte de Chateaubriand rappelé ci-dessus,

- DANIEL DEFOË, l'auteur de *Robinson* : *Journal de l'année de la peste* (celle de Londres en 1665).

- JEAN GIONO : *Le hussard sur le toit* (choléra du Midi de la France en 1838, roman paru en 1952 chez Gallimard et réédité dans la collection Folio).

- MARCEL PAGNOL : *Les pestiférés* (peste de Marseille de 1720, récit paru en 1977 dans *Le temps des Amours*, chez Julliard).

1. Le père de Marcel Proust.

Imprimé en France par MAURY-IMPRIMEUR S.A. – 45330 Malesherbes
Dépôt légal : 12392 – Janvier 1991 – Nº d'impression : J90/32961 P